HEYNE
BÜCHER

Das Buch

Das Schuljahr neigt sich dem Ende entgegen, die Schüler bereiten sich auf die großen Ferien vor. Während sich die Schule langsam leert, lassen sich fünf von ihnen zu einem gewagten *Experiment mit dem wirklichen Leben* überreden. Liz, Geoff, Mike, Frankie und Alex sollen drei Tage lang in einem abgelegenen finsteren Kellerloch der Schule eingesperrt werden. Sie haben Ausrüstung und Nahrung für genau drei Tage. Und sie vertrauen fest darauf, daß ihr Freund Martyn sie wie versprochen nach Ablauf der Frist wieder herausholen wird. Als Martyn sie am vierten Tag noch nicht befreit hat, dämmert es den Jugendlichen, daß ihr Freund ein ganz anderes Experiment im Sinne hatte und sie verhungern lassen will. Langsam breitet sich Panik und Hoffnungslosigkeit aus. Nur Liz, die Erzählerin, behält die Nerven und stellt Martyn eine Falle. So scheint es jedenfalls …

Der raffiniert aufgebaute Roman, der dem Leser die extreme psychische Situation zwischen Todesangst und Überlebenswillen nahebringt, hat in England Kultstatus und wird häufig als moderne Version von ›Herr der Fliegen‹ bezeichnet.

Der Roman wurde von Regisseur Nick Hamm mit Thora Birch *(American Beauty)*, Daniel Brockelbank *(Shakespeare in Love)*, Embeth Davidtz *(Schindlers Liste)*, Desmond Harrington *(Johanna von Orléans)* und Keira Knightley *(Star Wars Episode 1: Die dunkle Bedrohung)* in den Hauptrollen verfilmt.

Der Autor

Guy Burt, geboren 1972, schrieb diesen Roman im Alter von 19 Jahren, als er selbst noch zur Schule ging. Anschließend unterrichtete er für drei Jahre am Balliol College in Oxford englische Literatur. Mit ›Sophie‹ und ›The Dandelion Clock‹ veröffentlichte er zwei weitere Romane; letzteres soll nach einem Drehbuch von ihm verfilmt werden. Der Autor lebt in London, wo er einen neuen Roman vorbereitet und fürs Fernsehen arbeitet.

GUY BURT

THE HOLE

Der Roman zum Film

Aus dem Englischen
von Andreas Brandhorst

WILHELM HEYNE VERLAG
MÜNCHEN

HEYNE ALLGEMEINE REIHE
Nr. 01/20082

Titel der Originalausgabe
AFTER THE HOLE

Umwelthinweis:
Das Buch wurde auf
chlor- und säurefreiem Papier gedruckt.

Das Buch erschien bereits in der Allgemeinen Reihe
unter dem Titel ›Nur für drei Tage‹ (01/9390).

Printed in Germany 2001
Umschlag- und Innenillustrationen: Pathé International
Umschlaggestaltung: Nele Schütz Design, München
Satz: Pinkuin Satz und Datentechnik, Berlin
Druck und Bindung: Ebner Ulm

ISBN 3-453-19780-1

http://www.heyne.de

Für I.M.B.
und R.A.L.

Lieber Eliot,

vielleicht interessiert Sie dies: Vom vierzehnten an bin ich in London – falls Sie etwas hinzufügen oder diskutieren möchten. Ich freue mich darauf, Sie bald wiederzusehen.

Mit besten Grüßen
P.H.

Kapitel Eins

Während des letzten Ostersemesters – also vor dem, was wir das Loch nannten – führten wir ein recht angenehmes Leben in unserer prächtigen Schule. Uns erfüllte jenes Selbstvertrauen, das den Übergang von Jugend zum Erwachsenenalter kennzeichnet; wir alle kannten unsere Zukunft, als wir zwischen Torbögen und alten Mauern wandelten.

Doch die Geschichte beginnt etwas später, und vielleicht ist sie noch immer nicht zu Ende. Zumindest fühle ich mich nicht so, als ob ich das Loch ganz überstanden hätte. Ich hoffe aber, den Abstand allmählich vergrößern zu können, während ich die Ereignisse schildere. Und möglicherweise gelingt es mir irgendwann, alles zu vergessen.

An einem klaren, für die Jahreszeit bemerkenswert warmen Tag schritten sechs Gestalten über die von der Sonne gebleichten Steinplatten des Hofes, der sich neben dem Englisch-Block erstreckte. Im Hohlraum eines Strebepfeilers führte dort eine rostige Wendeltreppe nach unten, und die Gestalten stiegen nacheinander in die Tiefe, verschwanden im dreieckigen Schatten. Zeit verstrich. Die Sonne kroch am Himmel entlang, schickte ihr Licht durch die Fenster verschiedener Klassenzimmer. Es strich über ramponierte Aktentaschen aus Leder und unordentliche Papierstapel. Die gesammelten und vergessenen Reste des vergangenen Semesters erwärmten sich einige Minuten lang, und dann glitten von Osten Wolken heran, trübten das helle Licht in den Räumen. Jemand erschien am oberen Rand der Wendeltreppe und verharrte einige Sekunden lang. Der junge Mann ließ einen wachsamen Blick über die leeren Zufahrten und Kricketfelder schweifen. Dann schob er die Hände in die Taschen einer säuberlich gebügelten grauen Hose und schlenderte zu den Bäumen am Pavillon. Auflebender Wind zerzauste ihm das blonde Haar.

Die Gestalt schrumpfte vor dem grünen Hintergrund der Vegetation, und eigentlich wirkte sie unscheinbar. Nichts deutete darauf hin, daß sie – wenn man die Dinge aus einer bestimmten Perspektive betrachtete – gerade zum Mörder geworden war.

»Eigentlich ist die Sache gar nicht so wild«, sagte Alex, ging zur Toilette hinter der Ecke und nahm ihren großen, abgenutzten Rucksack mit. Es gab noch eine andere kleine Kammer, die einst als Abstellraum gedient haben mochte. Mike fragte sich, wann dieser Ort zum letztenmal einem konkreten Zweck gedient hatte. Es roch nach kühler Trokkenheit, und der Staub zwischen den Bodenfliesen hatte sich wie Sedimentgestein verfestigt.

Mike rollte seinen Schlafsack zusammen und schob ihn sich als improvisiertes Kissen unter den Kopf. Der Schein einer nackten Glühbirne erhellte das Loch, und in diesem Licht erschien alles grell und hart, wie ein Fernsehbild mit zu starkem Kontrast. Frankie kramte in ihren Taschen, holte Kleidungsstücke und andere Dinge hervor, stopfte sie wieder hinein und erweckte den Eindruck, ohne System nach etwas zu suchen. Ein leises Geräusch ertönte – Wasser tropfte auf Wasser –, und es folgte lautes Rauschen, als sich der Spülkasten leerte. Frankie strahlte triumphierend und hob eine achteckige Schachtel.

»Möchte jemand was?« fragte sie fröhlich. Die anderen wandten sich ihr zu.

»Was ist das?« erkundigte sich Geoff argwöhnisch.

»Konfekt«, erwiderte Frankie. »Schmeckt toll. Ich habe zwei Schachteln mitgebracht, nur für den Fall.«

»Nein, danke«, sagte Mike und fragte sich, für welchen ›Fall‹ die zweite Schachtel bestimmt sein mochte.

Geoff winkte ab. »Ich verzichte ebenfalls. Das Zeug schmeckt wie … Ich weiß nicht. Es schmeckt wie …«

»Es hat sogenannten Rosengeschmack«, meinte Frankie.

»Nein, es schmeckt wie ...«

Alex kehrte zurück und schüttelte die Hände.

»He, paß doch auf!« Eine kleine Wolke aus weißem Puderzucker stieg von der Schachtel in Frankies Hand auf. »Du hast mich ganz naß gespritzt!«

»Hat jemand daran gedacht, ein Handtuch mitzubringen?« fragte Alex. Mike schüttelte den Kopf, so etwas war ihm nicht in den Sinn gekommen.

»Ja, ich«, ließ sich Liz vernehmen. *Typisch*, dachte Mike. *Von jemandem wie Frankie kann man keine Voraussicht erwarten, wohl aber von Liz.* Er wußte nicht genau, welchen Umständen er dieses Vorstellungsbild verdankte, aber er glaubte, daß es der Realität gerecht würde.

»Danke.« Alex seufzte. »Mir wäre wärmeres Wasser lieber.«

»Wie spät ist es?« fragte Frankie.

»Neun« antwortete Geoff. »Warum willst du das wissen? Dauernd fragst du, wie spät es ist.«

»Ich bin müde. Und ich habe meine Uhr vergessen.«

»Wie kannst du müde sein?« stieß Alex überrascht hervor. »Seit vier Uhr haben wir nur herumgesessen und uns unterhalten.«

»Ich nicht«, widersprach Mike. »Ich habe an einem sehr interessanten Ausflug teilgenommen und mir diverse Gesteinsformationen angesehen. Außerdem bin ich etwa zwei Stunden lang durchs Moor gewandert.«

Sie lachten.

»Genau damit muß man bei Morris und Konsorten rechnen«, sagte Geoff.

»Zum Glück sind wir *nicht* mitgefahren.« Alex schauderte. »Die letzte Exkursion war grausam. Die ganze Woche lang hat's gegossen, und der Regen floß mir ständig in die Augen. Von der nassen Kleidung ganz zu schweigen.« Sie strich sich eine Haarsträhne aus der Stirn und fuhr fort: »Darüber hinaus kann ich Berge nicht ausstehen. Wenn's nach mir geht, überlasse ich das Klettern anderen. Ich sitze viel lieber in einem gemütlichen Wohnzimmer.«

»Bedank dich bei Martyn dafür«, sagte Frankie.

»Ja«, pflichtete ihr Mike bei. »Vom Schulausflug ins Loch, sozusagen.«

»Ich finde es hier unten gar nicht so übel«, meinte Alex. »Es mangelt an Komfort und Platz, aber mit ein bißchen Mühe könnte dieser Ort einigermaßen wohnlich werden. Stellt euch Gardinen vor, einen Läufer und so weiter ...«

»Sehr komisch«, kommentierte Frankie. »Wirklich *sehr* komisch. Haha.«

Inzwischen sind die anderen sicher schon über ein oder zwei Berge hinweg, dachte Mike. Er hatte an den letzten Studienfahrten teilgenommen und großen Gefallen daran gefunden. Andererseits: Die Chance, an einem von Martyns Projekten teilzunehmen, rechtfertigte jedes Opfer. *Deshalb befinde ich mich jetzt nicht oberhalb der Schneegrenze im Peak District, sondern in einem tiefen Keller unter dem Englisch-Block.* Um ihn herum hatten die anderen ihre Mitbringsel auf dem Boden ausgebreitet. Geoff lag lang ausgestreckt, stützte sich auf den Ellbogen und machte eine Geste, die einem wirren Haufen aus Kleidung und Konserven neben seinem Rucksack galt.

»Ich verstehe noch immer nicht, daß dieser Raum in Vergessenheit geriet«, sagte er. »Man könnte ihn als Gemeinschaftsraum oder Musikzimmer verwenden.«

Frankie winkte ab. »Die Hälfte unserer prächtigen Schule wird nicht benutzt. Mein Vater ist der Ansicht, daß man die Verwaltung umkrempeln sollte.«

»Dann darf dein Vater auf die volle Unterstützung aller Schüler zählen«, sagte Geoff.

»Frankie hat recht«, warf Alex ein. »Räume wie diese hier gibt's überall in der Schule. Zum Beispiel der Saal hinter dem Physikraum. Wozu verwendet man ihn? Die Tür ist immer verschlossen.«

»Dort lagert die Schmetterlingssammlung«, erklärte Liz. Wie immer war Mike erstaunt, die Stimme der schweigsamen Liz zu hören. »Nur einmal in fünf Jahren oder so kann man sie bewundern.«

»Im Ernst?« Geoff starrte sie groß an. »Schmetterlinge?«

»Ein Nachlaß.« Frankie schnaubte leise. »Ja, ich wette, es ist irgendein Nachlaß oder so. Es gibt immer wieder Leute, die uns was nachlassen.«

»Die uns etwas vermachen«, berichtigte Mike.

»Wie auch immer.«

»Hiermit vermache ich unserer Schule meine Sammlung kompromittierender Lehrerbilder«, verkündete Mike. »Sie sollen der Öffentlichkeit im Speisesaal dargeboten werden, und zwar auf Dauer.«

»Ich habe Hunger«, sagte Alex. Sie nahm ihre Brille ab – die runden Gläser funkelten in einem Drahtgestell – und putzte sie mit einem Taschentuch. »Wie wär's mit einem späten Imbiß?«

»Mal sehen, was wir haben.« Frankie beugte sich interessiert vor.

Mike lächelte. »He, immer langsam die Damen. Eine nach der anderen.«

»Arroganter Mistkerl«, entgegnete Frankie. »Dies hier ist französischer Toast, auch ›arme Ritter‹ genannt. Ich glaube, das esse ich.«

»Französischer Toast?« wiederholte Geoff. »Klingt eher nach ... ihr wißt schon. ›Hallo, Schätzchen, wie wär's mit ein wenig französischem Toast?‹«

Mike drehte den Kopf auf dem Rucksack-Kissen und schloß die Augen, um nicht vom Licht der Glühbirne geblendet zu werden. »Ich dachte, ›französischer Toast‹ bedeutet, daß man die Zunge ausstreckt, um die Butter abzulecken.«

Alex prustete und hielt sich eine Sekunde später schuldbewußt den Mund zu.

»Du bist abscheulich, Mike«, sagte Frankie.

»Er ist nicht annähernd so abscheulich wie das Konfekt«, brummte Geoff. »Ich weiß jetzt, wie's schmeckt: *rosarot*.«

So begann es. Und man sollte dabei berücksichtigen, daß wir damals sehr jung waren.

Ich erinnere mich genau daran, welche Worte Martyn an uns richtete, bevor wir nach unten gingen. »Es handelt sich um ein Experiment mit dem wirklichen Leben.« So nannte er es.

»Ist das nicht ziemlich ehrgeizig?« fragte ich, und daraufhin lächelte er.

Martyns Lächeln war breit und ungezwungen, schien sich in seinem Gesicht sehr wohl zu fühlen. Die Lehrer glaubten, ihn gut zu kennen. Sie sahen in ihm einen nachdenklichen, eher langsamen jungen Mann, dem man Verantwortung übertragen konnte. Nie ließ er es an Freundlichkeit fehlen. Er zeigte sich immer bereit, mit dem alten Mr. Stevens übers Angeln zu plaudern oder Dr. James' Garten zu bewundern. Man hielt ihn für einen guten, vernünftigen Jungen. Stanford sagte einmal: »Er gäbe einen ausgezeichneten Bibliothekar ab.« Ich glaube, mit diesem Hinweis verblüffte er das Lehrpersonal ebensosehr wie die Schüler – immerhin neigte Stanford nicht dazu, lobende Worte über jemanden zu verlieren.

Auch wir glaubten, Martyn zu kennen. Und wir erfreuten uns an der wundervollen Illusion, die er geschaffen hatte. Wir wußten nämlich, daß Martyn hinter dem Gibbon-Zwischenfall steckte, daß er es gewesen war, der die offizielle Ansprache am Ende des Semesters sabotiert hatte. Vermutlich war er der größte Rebell in der Geschichte unserer Schule. Sein Doppelspiel erfüllte uns mit Neid; wir erachteten es ganz einfach als bewundernswert. Wenn wir uns genug Zeit genommen hätten, um gründlich darüber nachzudenken, dann wären wir vielleicht imstande gewesen zu erahnen, was später geschah. Doch zu jenem Zeitpunkt kamen wir nicht auf den Gedanken, daß Martyns Zwielichtigkeit über die beiden für uns sichtbaren Schichten in seinem Wesen hinausging.

Es ist seltsam, wie Zeit alles um uns herum verändert.

Es ist seltsam, wie wir uns im Lauf der Zeit selbst verändern.

Bedauerlicherweise beschränken sich Schulen darauf, Wissen anzubieten. Weisheit muß man woanders suchen. Und darum ging es uns damals, um Weisheit. Aber wir brachten nicht die richtigen Voraussetzungen mit; wir waren durchaus nicht bereit.

»Ist das nicht ziemlich ehrgeizig?« fragte ich mit der unschuldigen, vertrauensvollen Stimme eines Kindes. Eine andere Stimme antwortete, und sie war viel zu alt für das runde, lächelnde Gesicht mit den blauen Augen.

»Oh, ich glaube nicht«, erwiderte Martyn.

»Mein Onkel mag dieses Zeug«, sagte Frankie und blickte in ihren Becher. »Ein komischer Typ, mein Onkel. Ist berühmt.«

»Berühmt für was?« fragte Alex und rollte sich auf ihrem Schlafsack zur Seite.

»Dafür, komisch zu sein.« Frankie kicherte. »Ich kann etwas Nachschub gebrauchen, Geoff.« Sie hob den Becher; Geoff schraubte die Whiskyflasche auf und schenkte ein. »Ich meine es ernst. Er arbeitet fürs Fernsehen.«

»Dir ist was zwischen den Zähnen steckengeblieben«, sagte Geoff. Frankie grinste und wischte sich mit dem Ärmel den Mund ab.

»Gräßlich«, murmelte Mike ohne Anteilnahme. »Ich wünschte, Martyn hätte Leute mit besseren Manieren ausgewählt.«

»Jetzt habe ich Fusseln im Mund«, klagte Frankie.

Eigentlich bestand die Runde jetzt nur noch aus drei Personen. Alex hatte sich umgedreht, starrte an die Decke und zupfte immer wieder an ihrer Bluse. Liz blickte in ihr Notizbuch, hielt es viel zu dicht vor die Augen und kaute am Ende des schwarzen Kugelschreibers. Mike stellte fest, daß die Spitze eines ihrer Ohren zwischen den Haaren zum Vorschein kam – ein weißer Fleck im Braun. Immer wieder strich sie sich Strähnen aus den Augen, und Mike fragte sich, ob Liz nie daran gedacht hatte, das Haar zusammenzubinden. Er beobachtete sie auch weiterhin. Nach einer Weile sah sie zu ihm auf, aber ihr Blick kehrte sofort wieder zum Notizbuch zurück.

An jenem Abend herrschte eine angenehme Ruhe im Loch. Es war der erste Abend, und noch verweilten alle in ihrem üblichen Selbst. Geoff und Frankie boten Whisky an, und Mike trank ein wenig. Sie sprachen übers letzte Semester, über ihre Pläne und Absichten. Und sie machten sich über ihre Klassenkameraden lustig, die nun mit imaginären Mühen des Ausflugs fertig werden mußten.

»Wann wollt ihr die Party beenden und endlich schlafen?« fragte Alex. »Es ist fast Mitternacht, und ich bin müde.«

»Es ist dreiundzwanzig Uhr fünfzig«, meinte Liz. »Weißt du eigentlich, wo deine Kinder sind?«

Frankie saß im Schneidersitz. »Ich bitte dich, Alex. Es fängt doch gerade erst an, Spaß zu machen. Warum hat niemand Radio oder Kassettenrecorder mitgebracht?«

»Weil wir uns nicht von deinem Musikgeschmack quälen lassen wollten«, spottete Geoff.

Mike lehnte sich zurück. »Ich weiß nicht, wo meine Kinder sind. Als ich sie das letzte Mal gesehen habe, begleiteten sie einen blonden Burschen zum Keller der Schule. Seitdem sind sie verschwunden.«

»Glaubst du, daß er sie in einer finsteren Kammer eingesperrt hat?« fragte Geoff.

»Das halte ich durchaus für möglich«, erwiderte Mike und nickte.

»Wenn wir diesen Raum verlassen …«, überlegte Frankie laut. »Dann erfahren doch alle, daß wir beim Ausflug nicht mitgefahren sind, oder?«

»Ja, natürlich«, bestätigte Geoff. »Aber spielt das eine Rolle? *Momentan* glauben die Lehrer, daß wir zu Hause sind, und die Eltern nehmen an, daß wir an der Exkursion teilnehmen. Es gibt keinen Grund, warum jemand enttäuscht sein sollte.«

»Tatsächlich nicht?« Frankie klang skeptisch.

Geoff ächzte leise. »Das haben wir doch schon alles durchgekaut.«

Mike ließ den Kopf auf die gepolsterten Teile des Rucksacks sinken und faltete die Hände auf der Brust.

»Eins muß man unserer Schule lassen«, sagte er. »Wir halten zusammen.«

»Wahrscheinlich werden wir zu einer Legende«, meinte Frankie. »Martyns Aktionen haftet immer etwas Legendäres an.« Sie bekam einen Schluckauf. »Tschuldigung. Es liegt an der Vorstellung, mich in eine Legende zu verwandeln.«

»Ich hab' mir bereits die Zähne geputzt«, sagte Mike. »Wenn jemand anderer ins Bad möchte ...«

Ich legte die Blätter beiseite, lehnte mich zurück, streckte die Beine und blickte aus dem Mansardenfenster über die Bäume hinweg. Warme Luft strich durchs Zimmer, und Staub schwebte in den Klingen aus Licht, die Tisch und Boden in einzelne Teile zu schneiden schienen. Unten im Erdgeschoß öffnete sich die Tür, und die Stimme meiner Mutter ertönte. Ich schob den Stuhl zurück und ordnete die Dinge so, wie es mir gefiel: Bleistifte und Kugelschreiber in verschiedenen Einmachgläsern; Bücher hier, Zettel und Notizen dort. Auf der einen Seite stand eine alte Quink-Flasche, und der von ihr ausgehende Geruch erinnerte mich an die Tische in der Schule. Schritte näherten sich über die Treppe, als ich das Fenster schloß, um den kühlen Wind des Abends auszusperren. Kurz darauf schwang die Tür auf.

»Hallo«, sagte ich. »Komm herein.«

»Hier spielt sich also alles ab«, sagte er.

»Hier *wird* es sich abspielen«, korrigierte ich ihn. »Ich habe gerade erst angefangen. Es gibt viel, das niedergeschrieben werden muß.«

»Ja, ich weiß. He, von hier aus kannst du die Schule sehen. Davon hatte ich keine Ahnung.«

»Du bist nie hier oben gewesen?«

»Du hast mich nie eingeladen.«

»Nun, bis vor einigen Wochen gab es hier nur Gerümpel: altes Zeug, Staub, von Motten zerfressene Teppiche und so – ich habe alles fortgeschafft und richtig saubergemacht. Anschließend brachte ich ein Sofa, Bücherschränke und den Schreibtisch hierher. Es dauerte eine Weile.«

»Ich bin beeindruckt. War's die Mühe wert?«

Ich seufzte. »Ich bin mir nicht ganz sicher. Das heißt ... Ja, ich glaube schon. Hier oben kann ich mich besser konzentrieren. Ich sehe die Schule, und nichts lenkt mich ab. Eigentlich habe ich schon eine Menge geschafft: Ich meine die Notizen hier, die Vorbereitungen und so.«

»Ich mag dich wirklich«, sagte er leise. »Und ich halte dich für sehr tapfer.«

Ich lachte nervös. »Nun, mag sein. Jemand muß sich darum kümmern, oder?«

»Ja.«

»Ich mag dich auch.«

»Als ob ich das nicht wüßte. Unser Dialog ist erstklassig, Liz.«

»Dann schreibe ich ihn nicht auf«, versprach ich.

Eine Zeitlang plauderten sie und versuchten, es sich auf dem harten Boden des Kellers so gemütlich wie möglich zu machen. Schließlich ging Frankie ins Bad, und die beiden anderen Mädchen zogen sich im kleinen Zimmer neben der Toilette um. Einige Minuten später schalteten sie das Licht aus und legten sich hin, um zum erstenmal im Loch zu schlafen.

Mike blieb zunächst wach, ließ in Gedanken noch einmal die jüngsten Ereignisse Revue passieren und versuchte dabei, alles aus der Perspektive eines unbeteiligten Beobachters zu sehen. Am Nachmittag war er aufgebrochen, angeblich mit der Absicht, am Ausflug teilzunehmen – das glaubten jedenfalls seine Eltern. Doch als er die Schule erreichte, war der Bus bereits unterwegs. Es dauerte nicht lange, bis auch die anderen eintrafen. Gemeinsam gingen sie zur Treppe am Englisch-Block, die verrostet und vergessen in die Tiefe führte. Unten gab es einen kleinen offenen Bereich, in dem Bierdosen und Abfälle lagen. Pflanzen hatten im Lauf der Jahre Gerippe aus trockenen, abgestorbenen Halmen hinterlassen. Die verbogenen Reste eines eisernen Geländers ragten hier und dort aus dem Durcheinander von halb zerknüllten Zigarettenpackungen und Zeitungsfetzen. Vorsichtig traten sie in einen kurzen Gang, und das helle Licht des Märztages blieb hinter ihnen zurück, wich diffusem Halbdunkel. Der Zugang zum Loch befand sich auf der rechten Seite. Die Tür bestand aus Holz; lange, wie von einem Messer stammende Risse zeigten sich im dunkelbraunen Lack. Haspe und Vorhängeschloß schimmerten in der Farbe von Zink. Martyn holte einen Schlüssel hervor, und Mike bemerkte dabei die tadellosen Bügelfalten in seiner Hose. Auf solche Dinge legte Martyn immer großen Wert.

Die Tür schwang auf, und Mike fragte sich, wer die Luft im Keller zum letztenmal geatmet hatte. Martyn ließ eine Strickleiter hinab, und sie kletterten in die tiefe Finsternis. Eine Treppe existierte hier nicht mehr.

Als er nun an die Geschehnisse des Tages zurückdachte, ging ihm folgendes durch den Kopf: Vielleicht war das Loch gar nicht vergessen; vielleicht hatte sich überhaupt nie jemand daran erinnert. Es schien gebaut worden zu sein, um dann leerzustehen – für Martyn und seine Begleiter. Mike lächelte bei diesen Überlegungen und rief sich ins Gedächtnis zurück, daß er ebensowenig ans Schicksal glaubte wie an Gott.

Wenn er den eigenen Herzschlag ignorierte, konnte er das leise, regelmäßige Atmen der anderen im Loch hören – sie schliefen bereits. Er beschloß, ihrem Beispiel zu folgen, drehte sich unter einem sternenlosen Himmel zur Seite und senkte die Lider.

Kapitel Zwei

Der erste volle Tag dämmerte in Dunkelheit, als Geoffs Wecker schrillte. Der Übergang von samtener Finsternis zum grellen Strahlen der Glühbirne war fast schmerzhaft.

»In den sanften Armen der Melancholie«, sang Alex im Bad. »Ta-ta-tat-ta-*dieh*.«

Liz hantierte mit einer Bratpfanne, gab Eier, Brot und Schinken hinein. Appetitanregender Duft erfüllte das Loch.

»Ganz die Hausfrau«, sagte Frankie in bewunderndem Tonfall. »Wenn ich versuche, etwas zuzubereiten, bleibt es immer flach und grau.«

»Schaff deine Haare aus dem Weg«, brummte Geoff. »Darauf kann ich beim Frühstück verzichten.«

»Wie? Oh.« Liz stopfte ihr Haar hinter den Kragen der Bluse.

Sie aßen, und Mike stellte fest, daß er verdammt hungrig war. Geoff präsentierte einen Apfel und brach ihn in zwei Teile.

»Das hat köstlich geschmeckt«, sagte Mike. »Und nun?«

»Der wandelnde Appetit rächt seine Einkerkerung, indem er damit beginnt, die Kameraden zu verschlingen«, intonierte Alex. »Es ist entsetzlich: Nacheinander verschwinden sie in seinem Rachen, wie Lebkuchenmännchen.«

»Herzlichen Dank, Alex. Sehr nett von dir.«

»Nichts zu danken. Du wärst sicher bereit, mir den gleichen Gefallen zu erweisen.«

»Achtung, Leute«, warnte Geoff. »Heute morgen ist Alex sehr gefährlich. Bis zum Mittag muß man sich vor ihr hüten.«

»Wißt ihr, was ich brauche?« fragte Alex.

»Einen Maulkorb?« erwiderte Geoff zuckersüß.

»Sehr komisch. Einen Stuhl. Ich gäbe was für einen Stuhl.«

»Wie bürgerlich«, meinte Geoff. »Du klingst immer wie eine Mutter.«

»Warum hast du keinen Stuhl mitgebracht?« erkundigte sich Liz.

»Hab's vergessen. Ich hätte es überhaupt nicht für möglich gehalten, ausgerechnet so etwas zu vermissen. Nun, nachdem man morgens aufgestanden ist, setzt man sich auf einen Stuhl, nicht wahr? Und jetzt muß ich auf dem Boden hocken. Das nervt.«

»Auch ich bin genervt«, sagte Geoff doppeldeutig. »Allerdings geht's dabei nicht um Stühle.«

»Ich hätte jetzt Lust auf ein Bad«, ließ sich Mike vernehmen. »Ich denke dabei an eine große, gußeiserne Badewanne mit Klauenfüßen und Messinghähnen. Fast bis zum Rand sollte sie gefüllt sein.«

»Ich wußte gar nicht, daß sich Männer so etwas wünschen«, staunte Alex.

Mike lächelte schief. »Sich zu waschen, meinst du?«

»Ja.«

»Ausnahmen bestätigen die Regel.«

Alex rümpfte die Nase. »Drei Tage ohne ein Bad – bäh!«

»Ich habe nichts gegen das Baden«, sagte Geoff. »Aber Wannen sind kein Muß in meinem Leben.«

»Die Frage ist nur: Können wir deinen Gestank ertragen?« Alex lächelte. »In dieser Hinsicht steht uns einiges bevor. Ich meine, es dürfte nicht leicht sein, ohne all die gewohnten Dinge zurechtzukommen.« Sie überlegte kurz. »Zum Beispiel saubere Freunde.«

»Frankie ist heute morgen ziemlich still«, bemerkte Geoff.

»Frankie ist heute morgen ziemlich sauer«, lautete die Antwort. »Frankie hätte gern vier Stunden länger geschlafen. Aber nein: Frankie muß sich den anderen anpassen und sich auch noch kritisieren lassen, weil sie schweigt.«

»Die Stimmung könnte gar nicht besser sein, wie?« fragte Mike.

Liz ging hinaus, um die Bratpfanne im ›Badezimmer‹ zu säubern – dort gab es einen Hahn, aus dem kaltes Wasser in den Abfluß tropfte. Die anderen hörten, wie es rauschte und plätscherte, als sie die Pfanne reinigte. Auf dem Boden des Lochs zischte leise der Camping-Gaskocher. Frankie beobachtete ihn mißtrauisch.

»Ich kannte jemanden, der so ein Ding unter seinem Bett verstaute«, sagte sie. »Es explodierte. Das Fenster ging dabei zu Bruch, und überall herrschte ein heilloses Durcheinander.«

»Kam er ums Leben?« fragte Geoff interessiert.

»Nein. Zu dem Zeitpunkt war er nicht im Zimmer.«

»Oh.«

»Hat jemand Spülmittel mitgebracht?« rief Liz.

»Nein«, entgegnete Mike. »Es liegt ein Stück Seife auf dem Rohr direkt hinter der Tür.«

»Soll ich etwa von Tellern essen, die mit *Seife* gewaschen sind?« platzte es aus Frankie heraus. »Das ist *abscheulich!* Ich könnte mir irgend etwas holen, eine Krankheit oder so. Da fällt mir ein: Seit einer Ewigkeit hat hier niemand saubergemacht.«

»Mir geht's ähnlich.« Geoff grinste.

»Das sagst du nur, um mich zu ärgern.«

»Selbst wenn du dir was holst …« Mike zögerte kurz. »Ich bin sicher, keine Krankheit will sich mit dir einlassen.« Frankie warf die leere Konfektschachtel nach ihm. Sie drehte sich, als sie durch die Luft flog, und hinterließ dabei kleine Wolken aus Puderzucker.

»Wir sollten den Apparat besser abstellen, wenn Frankie verrückt spielt.« Geoff deutete auf den Kocher. »Die Dinger sehen aus wie Raumschiffe aus den billigen SF-Filmen der fünfziger Jahre, findet ihr nicht? Man drehe sie um, besprühe sie mit Silberfarbe, und schon hat man einen interstellaren Kreuzer.«

Alex drehte die Einstellrädchen. Die blaue Flamme

wurde immer kleiner und verschwand schließlich ganz. Gleichzeitig verklang das Zischen. Liz kehrte mit der sauberen Bratpfanne zurück, und Mike roch das unverbrannte Gas – es weckte Erinnerungen in ihm. Einmal hatte er einen solchen Kocher aus dem Haus getragen, um eine neue Patrone einzusetzen. Doch die alte war noch nicht ganz leer: Kalte Flüssigkeit fauchte aus der Öffnung und verdampfte. Einige nahe Grashalme glänzten, während sich eine besondere Art von Rauhreif an ihnen verflüchtigte. Mike lächelte stumm vor sich hin. Zehn Jahre mußten seit damals vergangen sein, vielleicht sogar noch mehr.

»Ich glaube, ich haue mich noch ein bißchen aufs Ohr«, sagte Geoff.

Ich weiß noch, wie ich in Martyns Zimmer auf dem Bett saß. Sommerlicher Sonnenschein glitt über die Wände, und im Hintergrund erklang Musik aus den siebziger Jahren. Wir waren insgesamt acht. Vernon strich über die Blätter einer der Pflanzen, die in regelmäßigen Abständen im Raum verteilt standen. Geoff las den Text auf einem von Martyns Alben. Der Gastgeber hielt ein Glas Rotwein in der Hand, lächelte und sprach vom Ende des Semesters.

»Ich finde es unverschämt, daß die Schule von mir erwartet, für so etwas Interesse aufzubringen. Ich schätze, der Direx teilt diese Ansicht. Habt ihr gemerkt, wie er versucht, alles auf ein Minimum zu beschränken?«

»Ja«, bestätigte Steve. »Der Typ will ebenso seine Ruhe haben wie alle anderen auch.«

»Aber der stellvertretende Direktor ... Der Kerl geht mir auf den Geist.«

»Law ist ein Arschloch.« Vernon sah die anderen an. »Wie einmal *beinahe* jemand gesagt hätte.«

»Law *ist* ein aufgeblasenes Arschloch, und er bietet seine verdammte Aufgeblasenheit allen Leuten an, die sich in Hörweite befinden«, meinte Martyn. »Meiner Ansicht nach wird's höchste Zeit, daß jemand Law dazu zwingt, auch einmal die lustige Seite des Lebens zu sehen.«

»Law könnte selbst dann nicht über einen guten Witz lachen, wenn man ihm die Pointe mehrmals erklärte«, warf Lisa ein.

»Mag sein. Aber um den Lieblingsausspruch des Direx zu wiederholen: Wer nicht einmal einen *Versuch* wagt, hat von vorneherein versagt.«

»Wie wahr, wie wahr«, kommentierte Vernon ehrfürchtig. »Kann ich noch etwas Wein haben? Danke.«

»Kommt aus Ungarn.« Martyn hob sein Glas. »Zwar konnten wir uns in letzter Zeit an besserer Qualität erfreuen – lach nicht Steve –, aber dieses Zeug hat den unleugbaren Vorteil, billig zu sein. Mir steht ein recht großer Vorrat davon zur Verfügung.«

»Woher hast du den Wein?« fragte Lisa.

»Ich bitte dich – du kennst doch die Spielregeln.«

»Na schön. Aber was meinst du mit ›billig‹?«

Vernon zog die Hand von einer Topfpflanze zurück und richtete sich auf. »Wahrscheinlich hast du überhaupt nichts dafür bezahlt. Wenn man weiß, wo es Ausschau zu halten gilt ...«

»Gibbon ist auf dem Hof«, sagte Geoff. »Der Blödmann scheint verärgert zu sein.«

»Wegen des Wagens, nehme ich an«, spekulierte Lisa.

»Gibbon«, murmelte Martyn nachdenklich. »Noch jemand, der viel zu ernst ist und aufgeheitert werden sollte.«

Jene normalen Belanglosigkeiten, die einen großen Teil des Tages füllen, gehörten jetzt plötzlich zu einer anderen Welt, und dadurch verwandelte sich das Getriebe der Zeit: Seine Zahnräder fielen auseinander und formten einen ganz neuen Mechanismus, eine neue Struktur. Stunden, Morgen und Nachmittag, Unterbrechungen bei Gesprächen – alles wurde von einer ständigen Metamorphose erfaßt, die den Wandel zur einzigen Konstanten werden ließ. Mike stellte fest, daß er seine Kameraden aufmerksamer beobachtete als jemals zuvor. Am ersten Morgen im Licht der Glühbirne war er stiller als sonst, und er fand erstaunlich viel über die anderen heraus. Er erkannte den unterschiedlichen Rhythmus ihres Atems, ihre verschiedenen Haltungen: Alex saß adrett mit überkreuzten Beinen, und Frankie lag lässig auf der Seite. Die schweigsame Liz blätterte in einem kleinen Notizbuch.

Einige Dinge störten Mike, doch manchmal entdeckte er auch Verhaltensmuster, die ihn mit einer seltsamen Zufriedenheit erfüllten. Die Tür hoch über Alex' Kopf befand sich immer am oberen Rand seines Blickfelds.

»So wie ich die Sache sehe«, sagte Frankie, »gibt es überhaupt keinen Unterschied zwischen einer bewußten Lüge und einem Versehen. Am Ergebnis ändert sich nichts.«

Alex runzelte die Stirn. »Da bin ich anderer Auffassung. Wenn ich lüge, so tue ich etwas Unrechtes. Bei einem Versehen hingegen hat niemand schuld.«

»Es gibt noch einen weiteren Unterschied.« Geoff lächelte. »Wenn man jemanden belügt und dabei ertappt wird, sitzt man in der Tinte. Doch wenn einem nur ein Fehler unterläuft, so darf man mit Vergebung rechnen.«

»Kommt darauf an«, schränkte Frankie ein.

Geoff überlegte. »Ja«, pflichtete er ihr bei. »Es kommt tatsächlich darauf an: auf den Fehler ebenso wie auch auf die Beteiligten.«

»Was ist mit Notlügen?« fragte Mike.

Alex ließ ihre Brille in Richtung Nasenspitze rutschen. »Ich weiß nicht.«

»Damit steht's genauso«, behauptete Frankie. »Es spielt keine Rolle, ob man lügt oder nicht. Auf die Worte kommt es an.«

Liz sah auf. »Ihr überseht einen wichtigen Aspekt«, sagte sie.

»Ich habe einmal gelogen«, begann Geoff, doch Alex unterbrach ihn.

»Warte mal. Ich möchte hören, was uns Liz mitzuteilen hat.«

»Ich wollte nur darauf hinweisen, daß es einen noch wichtigeren Aspekt gibt.« Liz klang ein wenig überrascht.

»Und der wäre?«

»Die Wirkung auf den, der lügt. Ich glaube, Frankie hat recht: Ob bewußte Lüge oder Versehen – am Bedeutungsinhalt der Worte ändert sich dadurch nichts. Aber du hast ebenfalls recht Alex: Wer bewußt lügt, trifft eine Entscheidung, und solche Entscheidungen bleiben nicht ohne Einfluß auf das eigene Wesen.«

Wieder hatte Mike das Gefühl, mehr über seine Freunde zu erfahren.

»Unsinn.« Geoff winkte ab. »Auf mich bleibt so etwas ohne Einfluß.«

»Vielleicht spürst du nur nichts davon«, räumte Liz ein.

»Komm mir jetzt bloß nicht auf die herablassende Tour.«

»Na bitte, das hätten wir«, sagte Mike. »Das Thema wurde eingehend erörtert, und beide Seiten erhielten Gelegenheit, ihren Standpunkt darzulegen.« Ärger huschte über Liz' Gesicht, und sofort bedauerte er seine ironische Bemerkung.

»Und jetzt zum Zeug mit dem *rosaroten* Geschmack.« Frankie holte die zweite Konfektschachtel hervor. »Möchte jemand was? Nein. In Ordnung, dann esse ich's allein.«

»Ich habe einmal gelogen«, wiederholte Geoff. »Aber deshalb bin ich nicht in Schwierigkeiten geraten. Statt dessen ergaben sich Probleme durch eine Lüge, die mir nie über die Lippen kam.«

»Wollen wir auch den Rest hören, Leute?« fragte Frankie. »Oh, Mist. Also los, Geoff – raus damit.«

»Ich erzählte meiner Lehrerin, ich hätte sie im Hinblick auf die verschüttete Tinte belogen. Damals war ich erst acht.«

Mike dachte nach. »Und worin bestand die Lüge, die dir keine Schwierigkeiten einbrachte?«

»Du hast sie gerade gehört. Ich hatte überhaupt nicht gelogen, was die Tinte betraf – jemand anders war dafür verantwortlich. Mit anderen Worten: Ich log, als ich behauptete, gelogen zu haben.«

»Und warum?«

»Meinst du die Tinte? Wie ich eben schon sagte: Jemand anders hatte sie verschüttet.«

»Nein, ich meine: Warum hast du gelogen?«

»Oh.« Geoff hob und senkte die Schultern. »Es war eine Art Experiment für mich. Und außerdem dachte ich, daß sie als Lehrerin Bescheid wüßte.«

»Warum hast du ihr nicht gesagt, daß du sie in bezug auf die Lüge belogen hast?«

Geoff grinste vom einen Ohr bis zum anderen. »Glaubst du etwa, sie hätte mir geglaubt? Nie im Leben!«

»So ein Blödsinn.« Alex versuchte, das Lächeln aus ihrem Gesicht zu verbannen. »Du und deine Geschichten.«

»Ich habe noch mehr davon auf Lager.«

»Können wir nicht über etwas anderes reden?« fragte Frankie mit flehendem Tonfall.

»Sex«, schlug Geoff vor.

»Wenn ich zwei Stühle hätte, könnte ich sie aneinanderschieben und auf ihnen schlafen. Ach, Stühle sind herrliche Einrichtungsgegenstände.« Alex seufzte. »Am besten gefallen mir die mit breiten Armlehnen, auf denen man Gläser abstellen kann.«

Gestern bin ich am Fluß spazierengegangen und ließ dabei die Gedanken treiben – sie kehrten zu alten Freundschaften und alten Freunden zurück. Kaum etwas davon hat das Loch überlebt. Ich glaube, die meisten Leute werden sich schließlich selbst fremd. Die mentalen Bilder von anderen Personen verallgemeinern und vereinfachen sich, bleiben unvollständig. Viele von uns sind sich dieser Tatsache bewußt, aber nur wenige stellen sich der Erkenntnis, daß so etwas auch für das Bild von uns selbst gilt. Eines Tages verharrt man, verwirrt von seltsam klingenden Worten, die aus dem eigenen Mund kamen, oder vom eigenen Verhalten, das aus irgendeinem Grund nicht ganz richtig erscheint. Dann blickt man in den Spiegel und sieht dort ein ganz anderes Individuum, jemanden, den man überhaupt nicht kennt.

Ich kannte einmal einen Mann, der Selbstmord beging. In gewisser Weise. Er änderte seinen Namen, zog um, suchte sich eine andere Arbeit, begann ein neues Leben mit einer neuen Familie in einer fernen Stadt. Nichts blieb von ihm übrig. Wenn man den Motor in einer geschlossenen Garage laufen läßt oder von hohen Felsen springt, so bleibt ein physischer Teil des Selbst zurück. Dadurch erscheint der Verlust würdevoller. Aber jener Mann verschwand einfach, spurlos. Ich glaube, das habe ich ihm nie verziehen.

Als ich am Flußufer saß, über diese Dinge nachdachte und spürte, wie mir warme Sommerluft über den Rücken strich, näherten sich zwei Mädchen mit einem Hund an der Leine.

»Hallo!« rief eine von ihnen.

Ich winkte. »Genießt den Spaziergang!«

Sie lachten. »Das machen wir!« antwortete eine der beiden jungen Damen, und dann folgten sie dem Verlauf des Weges, der zu einem kleinen Wald führte.

Ich griff nach einem Kieselstein, warf ihn weit übers Wasser und fragte mich, wohin er wohl sinken würde, als er im Fluß verschwand. Anschließend kehrte ich heim.

Neben meinem Kleiderschrank steht ein Karton mit Sachen, die darauf warten, zur Mansarde gebracht zu werden. Er enthält viele Fragmente einer Geschichte, deren Grenzen ich noch immer nicht kenne. Ich meine Martyns Geschichte, sein Leben, sein wahres Ich. Auf den losen Blättern, Notizbüchern, Schul- und Prüfungsberichten sowie den anderen Unterlagen, die ich im Lauf der Zeit gesammelt habe, liegen mehrere Kassetten und ein Recorder.

Irgendwo in dem Karton verbirgt sich die Wahrheit, die ›absolute‹ Wahrheit – falls es so etwas überhaupt geben kann. Ich schaudere bei der Vorstellung, mir jene Kassetten anzuhören. Es ist eine ganze Weile her, seit die Aufzeichnungen angefertigt wurden, seit das Magnetband

Worte festhielt. Sie erzählen eine andere Geschichte, die jedoch nicht ohne Einfluß auf meine eigene bleibt. Darüber hinaus beweisen sie: Das Loch war alles andere als elaborierte Imagination. Es handelte sich um weitaus mehr als nur einen dummen Scherz, der in einer Tragödie endete. Die Beschreibung ›Unglück‹ ist ebenfalls fehl am Platz. Ich weiß es, denn ich habe alles miterlebt.

Doch eins nach dem anderen – die Einzelheiten folgen später.

Die Kindheit legt das Fundament für den Erwachsenen, zu dem wir werden. Sobald die allgemeine Struktur entstanden ist, lebt man nach den Regeln, die man sich selbst gegeben hat. Erwachsen zu sein bedeutet, jene Regeln zu kennen und auf deren Fundament zu bauen. Wo und wann der Wechsel von der einen Zustandsform zur anderen stattfindet, läßt sich nicht genau feststellen. Manche Leute reifen nie zu Erwachsenen heran, finden nie wirklich heraus, wer sie sind. Auf diese Weise verlieren sie ihr halbes Leben und glauben auch noch, dadurch zu gewinnen. Sie wissen nicht, wo sie nach dem Material suchen sollen, das sie benötigen, um ihr Leben zu konstruieren. Sie haben keine Ahnung, daß es genügt, den Blick auf sich selbst zu richten.

Kapitel Drei

Um die Toilette zu erreichen, mußte Mike einigen Pfützen ausweichen, die an den Mittagsabwasch erinnerten. Es war kalt in der kleinen Kammer, und von der 40-Watt-Lampe ging ein eher kläglicher Schein aus. Immer wieder machte es *Plop*, wenn das schmutzige Wasser den Weg zum Abflußgitter fand und hinabtropfte, sich irgendwo in dunkler Tiefe mit dem Dreck vereinte, der von vielen Millionen Menschen stammte und dem Meer entgegenströmte. Mike lächelte unsicher, als er daran dachte, zog den Reißverschluß der Hose zu und kehrte zu den anderen im heller erleuchteten Raum zurück.

»Wird Zeit für eine Siesta«, sagte Frankie und streckte sich. »Es ist praktisch unmenschlich, nach einer guten Mahlzeit *nicht zu* schlafen.«

»Dieser großartigen Philosophie schließe ich mich gern an«, brummte Geoff.

»Ich dachte, Siestas seien Autos«, meinte Alex heiter.

Mike stöhnte. »Bitte fang nicht schon wieder an. Verschon uns während der nächsten drei Tage, einverstanden?«

»Es sind nur zweieinhalb«, erwiderte Alex.

»Heute Abend sollten wir eine Einbruchsparty stattfinden lassen«, schlug Geoff vor. »Damit wir uns hier wie zu Hause fühlen.«

»Heißt es nicht ›Ein*zugs*party‹?«

»Es kommt ganz darauf an, wen man einlädt.«

»Die Glühbirne des Mittags versengt das Land«, proklamierte Mike. »Zikaden und … andere Insektenbiester zirpen fröhlich in den Orangenhainen.«

»Hältst du es für eine gute Idee, Mike einzuladen?« fragte Alex mit übertriebenem Ernst.

»Hm. Nein, eigentlich nicht. Aber es wäre gemein, ihn

auszuschließen, und daher bleibt uns nichts anderes übrig, als seine Präsenz zu tolerieren.«

»Frankie muß ebenfalls kommen«, sagte Frankie. »Nach ihrer Siesta.«

»Eine einsame Bäuerin schlurft mit einem Bündel durchs Moor«, verkündete Mike. »Doch siehe! Es ist Frankie, und sie trägt eine in Leinen gehüllte Konfektschachtel, um sie für wenig Geld auf dem fernen Markt zu verkaufen.«

»Hör auf«, sagte Alex.

»Das Brot mit den Körnern drauf hätten wir besser nicht essen sollen«, klagte Frankie. »Mir ist was davon zwischen den Zähnen steckengeblieben.«

Liz hob den Kopf, sah Mike an und lächelte.

»Was ist?« fragte er.

»Nichts.«

»Bist du sicher?«

»Mal sehen, woraus unser Geheimvorrat eigentlich besteht.« Geoff öffnete seinen Rucksack. »Ach du lieber Himmel!«

»Stimmt was nicht?«

»Obstsaft und Milch haben sich in komisch geformte Flaschen verwandelt.« Geoff gab sich empört. »Was hat das zu bedeuten? Gin … Whisky … Exotische Getränke, die kaum identifiziert werden können … Kleine Becher … Eine Schande, jawohl! Jemand hat meinen Rucksack vertauscht.«

»So was passiert«, entgegnete Frankie. »Tja, ich schätze, wir müssen uns mit dem begnügen, was zur Verfügung steht.«

»Da hast du recht«, bestätigte Geoff.

»Wollt ihr jetzt schon loslegen?« fragte Mike. »Es ist gerade erst drei Uhr.«

»Nein. Die Party steigt heute Abend, du Idiot. Du kannst feiern, anstatt in die Glotze zu starren oder dich mit Tieren einzulassen.«

»Das ist ziemlich kraß«, sagte Alex.

»Kraß, krasser, Kresse«, kam es von Mikes Lippen. »Da wir gerade bei Tieren und Kresse sind – erinnert ihr euch an die Ansprache zum Semesterende?«

Frankie lachte schallend. »Es war die komischste Sache auf der ganzen Welt«, brachte sie schließlich hervor und kicherte noch immer. »Ich hätte mich fast naß gemacht.«

»Dem Rest der Schule erging's kaum anders«, sagte Geoff.

Liz schmunzelte. »Im ganzen Saal blieb kein Stuhl trokken.«

»Laws Gesichtsausdruck ...«, begann Geoff. Er lachte ebenfalls. »Davon können wir unseren Enkeln erzählen.«

»Es war ganz und gar seine eigene Schuld«, meinte Frankie.

Alex kratzte sich an der Nase. »Nein, das stimmt nicht. Der arme Kerl hatte nur das Pech, direkt neben einem Bauernhof zu wohnen und Martyn zu verärgern.«

»Das reicht völlig«, stellte Mike fest. »Manche Leute haben für weitaus weniger gelitten.«

»In der Tat«, stimmte ihm Liz zu.

Das Licht der untergehenden Sonne strich über die Wand, während wir halb zugedeckt im Bett lagen. Draußen nahmen die Bäume einen Farbton an, der an heißes Metall erinnerte.

»Ich wünschte ...«, sagte ich.

»Was wünschst du dir?«

Ich lächelte. »Vieles.«

»Und jetzt? Was wünschst du dir jetzt?«

»Hm, daß der Sommer nie zu Ende geht. Er hat im wahrsten Sinne des Wortes etwas Traumhaftes, dieser Sommer.«

»Tatsächlich?«

Ich drückte seine Schulter. »Natürlich. Stell es nicht in Frage.«

»Wie du meinst.«

»Ich bin Schriftstellerin. Wenn ich von einem traumhaften Sommer spreche, dann *ist* er traumhaft, klar?«

Er lachte. »Weißt du was?«

»Sag's mir.«

»Du bist hoffnungslos romantisch.«

»Bin ich nicht!«

»Bist du doch. Du versuchst, darüber hinwegzutäuschen, aber das gelingt dir nicht ganz.«

»Vielleicht. Nun, was wünschst du dir?«

»Mein Wunsch ist ein Geheimnis.«

»Hier gibt es keine Geheimnisse«, sagte ich. »Raus damit.«

Er überlegte eine Weile. »Es ist ein ernster Wunsch.«

»Ja?«

»Ich verspreche, ihn dir zu verraten, wenn du fertig bist. Mit dem Schreiben, meine ich. Einverstanden?«

»Na schön. Aber warum?«

»Ich möchte, daß erst alles andere erledigt wird.«

Ich hörte gar nicht richtig zu. »Nett von dir ...«

»Ja ...«

Eine Zeitlang lagen wir stumm nebeneinander und träumten, bis uns die Uhr darauf hinwies, daß es schon sieben geworden war.

»Liz?«

»Hm?«

»Wir können nicht den ganzen Abend hier liegenbleiben.«

»Warum denn nicht?«

»Es ist unmöglich.«

»Mir gefällt's«, sagte ich.

»Mir auch. Aber das macht kaum einen Unterschied.«

»Nur noch ein bißchen«, hauchte ich.

Getrennte Leben sind soweit in Ordnung, doch ein gemeinsames Leben stellt etwas völlig Neues dar – selbst dann, wenn das Gemeinsame vorübergehender Natur bleibt. An jenem Abend waren wir uns sehr nahe, und trotzdem – oder vielleicht gerade deshalb – schien das

Loch weit entfernt zu sein. Es schrumpfte zu etwas, das kaum mehr Bedeutung hatte, das so vage wurde wie ein Traum nach dem Erwachen. Die Welt um mich herum reduzierte sich auf einige Stunden, und außerhalb davon blieb alles in einem sonderbaren Nebel verborgen. Wenn wir unser Leben allein im Hier und Heute verbringen könnten, ohne in Vergangenheit oder Zukunft Zuflucht zu suchen, so wäre alles viel einfacher. Doch oft gerät ausgerechnet die Gegenwart ins Hintertreffen; Erinnerungen an Vergangenes und Erwartungen im Hinblick aufs Kommende verschwören sich miteinander, verwirren uns mit einem Widerspruch aus Kummer und Hoffnung. Ich vermute, das gehört zu unserem Wesen. Dennoch fühlte es sich gut an, einmal das Draußen zu ignorieren und einfach nur zusammen zu sein.

Schließlich zogen wir uns an und verbrachten den Abend getrennt voneinander, mit unterschiedlichen Dingen, die unsere Aufmerksamkeit verlangten.

»Und als er zurückkehrte, hatte er zwei volle Schuljahre und viele wichtige Prüfungen verpaßt. Das brachte sein ganzes Leben durcheinander.« Frankie legte eine kurze Pause ein. »Eine üble Sache. Aber er fand nirgends Mitgefühl. Weil ihn niemand mochte.«

»Ich kannte ihn nicht einmal«, sagte Mike.

Ihre Uhren wiesen darauf hin, daß der Nachmittag allmählich in den Abend überging. Liz holte Reistüten und Schachteln aus ihrem Rucksack und traf damit erste Vorbereitungen für die letzte Mahlzeit dieses Tages.

»Eigentlich habe ich es mir anders vorgestellt«, sagte Geoff.

»Was?«

»Dies hier. Das Loch. Bei Martyn erwartet man mehr. Ich weiß nicht recht.«

»Meinst du, es sollte mehr abgehen?« erkundigte sich Frankie.

»Ja, etwas in der Art. Ich habe mit Aufregung gerechnet. Ihr wißt, welchen Ruf er genießt. Und ihr kennt auch seinen Einfallsreichtum im Hinblick auf Streiche.«

»Und ob.« Mike nickte. »Denkt bloß an Gibbon und die Sache mit Law.«

»Er erwähnte ein Experiment mit dem wirklichen Leben«, sagte Alex. »Vielleicht geht es tatsächlich nur darum.«

»Glaubst du etwa, Martyn sei auf seine alten Tage zur Reife des Lebens gelangt?« fragte Geoff. »Das bezweifle ich.«

Mike überlegte. Es wäre ihm nie in den Sinn gekommen, Martyns bisherige Eskapaden als unreif zu bezeichnen. Ganz im Gegenteil: Angesichts ihrer Komplexität fragte er sich, ob es jemanden gab, der das ganze Ausmaß des bissigen Sarkasmus in ihnen erkannte. Die meisten Leute hielten Martyns Projekte für gut vorbereitete Späße. Aber wenn nicht mehr dahintersteckte ... Warum hatte Gibbon dann ganz plötzlich die Schule verlassen? Mike schüttelte den Kopf. Nein, es fehlte Martyn nicht an Reife: Es war auch deshalb so faszinierend, ihm bei der Ausführung seiner Pläne zuzusehen, weil er es mit großem Geschick verstand, die eigenen Aktionen zu verschleiern.

Etwas anderes kam hinzu. Lehrer mochten seltsam und schrullig sein, aber sie litten nicht alle an akuter Dummheit. Es war mehr erforderlich als nur das Talent eines Schelms, um beim Lehrpersonal nicht den geringsten Verdacht aufkommen zu lassen und dort auch weiterhin als Musterschüler zu gelten.

»Was hat es damit überhaupt auf sich?« fragte Frankie. »Ein Experiment mit dem wirklichen Leben. Klingt verdammt hochtrabend.«

»Für dich klingt alles hochtrabend«, sagte Geoff.

»Zum Teufel mit dir.« Frankie lächelte freundlich. »Nun?«

»Vielleicht bedeutet es, daß diesmal alles ernster ist«, vermutete Alex.

»In einigen anderen Fällen kam ebenfalls eine Menge

Ernst ins Spiel«, erwiderte Geoff. »Und dadurch wurde es noch komischer. Ich meine, der Vorschlag, gelegentlich mit Schafen zu verkehren, ist eine Sache ...«

»Das macht er bestimmt«, warf Frankie ein.

»Aber was dann geschah – das ist etwas ganz anderes.« Geoff grinste. »Mein Gott, wer kommt bloß auf solche Ideen?«

»Jemand wie Martyn«, sagte Frankie. »Ein verrückter Kerl. Nicht so verrückt wie mein Onkel, aber er gibt sich Mühe.«

»Wer essen möchte, den bitte ich um ein Handzeichen.« Mike sah sich um. »Ich habe Hunger.«

»Ich finde es abscheulich, daß du so viel ißt und trotzdem dünn bleibst«, ließ sich Frankie vernehmen. »Mir wird ganz schlecht davon.«

»Weißt du, wovon mir schlecht wird?« fragte Geoff.

»Nein.«

»Von zwei in den Hals gesteckten Fingern«, ertönte es selbstgefällig.

Ich saß im Biergarten des *Horseman*, und zwar ziemlich früh am Abend. An den anderen Tischen hatten nur einige Touristen und junge Familien Platz genommen. Lisa kam mit Gläsern von der Theke, und wir unterhielten uns eine Zeitlang. Man konnte uns eigentlich nicht als Freundinnen bezeichnen; wir waren nur miteinander bekannt, mehr nicht. Ich bin ihr häufig in Martyns Zimmer begegnet – dort gehörte sie zu unserer Gruppe. Aber außerhalb jenes Raumes bekam ich sie nur selten zu Gesicht. Als sie mir jetzt gegenübersaß, mit der grünen Hecke im Rücken und dem Glas in der Hand, wirkte sie völlig anders. Sie entsprach ganz und gar nicht meinem Bild von ihr.

Zunächst einmal: Sie war hübsch. Man sollte meinen, ihre Attraktivität sei längst zur Kenntnis genommen worden – immerhin herrschte in unserer Schule eine Atmosphäre versteckter, heimlicher Sexualität. Aber wenn ich heute daran zurückdenke: Ich entsinne mich nicht, daß die

Jungen meiner Klasse über Lisa sprachen. Als Erklärung mag angeführt werden, daß sie gewissermaßen ein Tabu darstellte; ihr Name stand nicht auf der Liste verfügbarer Mädchen. Immerhin war sie Martyns Freundin, und seine Popularität verlieh ihr so etwas wie Unantastbarkeit. Doch meiner Ansicht nach existierte ein noch wichtigerer Grund: Als ich sie zum letztenmal gesehen hatte, in der Schule, war ihre Schönheit viel weniger offensichtlich gewesen.

»Ist das in Ordnung?« fragte Lisa unsicher und deutete auf mein Getränk.

»Ja, danke.« Das kühle Bier schmeckte herrlich. Ich strich mit dem Zeigefinger übers beschlagene Glas und malte ein Kreuz in die kondensierte Feuchtigkeit.

»Ich möchte dir nicht die Zeit stehlen«, sagte sie. »Und es liegt mir fern, dich zu langweilen.«

»Keine Sorge. Sollen wir hierbleiben oder zu mir gehen? In meinem Zimmer ist's nicht gerade ordentlich, aber wir hätten es wenigstens warm.«

»Ja, das wäre nicht schlecht. Gehen wir zu dir.«

»Gut. Laß mich nur austrinken.«

Ich musterte Lisa. Ja, sie *war* hübscher geworden. Hübsch genug, um mich zu übertreffen. Irgend etwas Seltsames haftete ihren Zügen an, kam auch in der Körpersprache zum Ausdruck – eine gewisse Anspannung.

Sie stand auf, und als sie sich dem Licht zuwandte, bemerkte ich plötzlich in ihrem Gesicht einen Schatten, der von Entsetzen oder Verzweiflung kündete.

»Ja«, sagte ich. »Gehen wir. Bei mir zu Hause ist es gemütlicher.«

Lisa nickte. Als wir um die Ecke des Gebäudes gingen, aus dem Blickfeld der anderen Leute verschwanden, sah sie mich an und sagte: »Ich möchte mit dir über Martyn reden.«

Ich mied ihren Blick. »Ich weiß.« Ich hatte mich schon gefragt, wie lange es dauern würde.

Nach dem Essen, als es draußen Abend wurde, begann im Loch die Party.

Alex zitierte aus dem Text eines Pop-Songs, summte die Melodie und hielt dabei einen Plastikbecher mit Chianti in der Hand. »Hat jemand Chips oder Käseröllchen mitgebracht?«

»Ich habe eine Tüte mit röhrenförmigen Dingern drin«, sagte Mike. »Aber sie sind ein wenig zerquetscht und nicht mehr ganz frisch.«

»Nein, danke.«

»Ich esse sie«, bot sich Geoff an.

»Igitt!« rief Frankie.

Mike holte die Tüte hervor. Geoff griff nach einem weich gewordenen Chip und winkte damit, bevor er ihn in den Wein tauchte und verspeiste.

»Gräßlich, wenn sie nicht mehr knusprig sind«, sagte er. »Vielleicht hätten wir sie für später aufsparen sollen – wer blau ist, stellt weniger hohe Ansprüche.«

»Bestimmt sind sie besser als der Chianti«, vermutete Alex.

»Schmeckt wie Pisse.« Frankie trank aus. »Nachschub, Mikey.«

Mike füllte den Becher.

»Woher willst du wissen, daß der Wein wie Pisse schmeckt?« fragte Geoff interessiert.

»Ob rauf oder runter – am Geschmack ändert sich wahrscheinlich nichts«, räumte Mike ein und lachte leise. »Aber das Zeug war billig. Ich wollte mich für euch nicht in Unkosten stürzen.«

»Prost, Amigos.«

»Ich habe hier noch etwas anderes.« Liz öffnete ihren Rucksack und entnahm ihm einige braune Flaschen.

»Ist das etwa Bier?« fragte Mike.

»Ja.«

Mike kratzte sich am Ohr. »Ich fasse es nicht. In deinem Wesen offenbaren sich verborgene Tiefen.«

Liz lächelte verhalten. »Ich mag Bier.«

Geoff hob warnend die Hand. »Ihr kennt das doch: Wein auf Bier, das rate ich dir; Bier auf Wein …«

»… das laß sein«, sagten Frankie und Mike wie aus einem Mund.

»Stimmt«, fügte Frankie mit Nachdruck hinzu.

»Möchte mir trotzdem jemand Gesellschaft leisten?« fragte Liz.

»Ja, ich«, sagte Mike. Die anderen lehnten ab und blieben beim Wein.

Mike nahm das Bier entgegen, stellte es ab, öffnete seinen Rucksack und verwandelte ihn in eine Art Poncho, den er sich halb um die Schultern legte. »Ich habe immer geglaubt, in Höhlen sei es warm.«

Geoff dachte darüber nach. »Da hast du recht – wenn du zehn oder zwölf Grad für warm hältst. Außerdem: Dies ist keine Höhle, sondern ein Keller. Und zum Höhlen-Szenario gehören Felle und so, wenn ich mich nicht irre.«

Frankie holte ein Taschenmesser hervor. »Ich kratze ein Höhlenbild in die Wand.«

»Spar dir die Mühe«, erwiderte Geoff. »Schreib stattdessen, wer wir sind: die Lochklasse.«

»Sehr originell«, kommentierte Alex.

»Falls sich mal jemand anders hierher verirrt, dann weiß er, wer hier war.«

»Niemand kommt hierher«, sagte Frankie. »Solche nutz- und sinnlosen Räume sind uninteressant.«

»Wenn etwas Nutz- und Sinnloses existiert, so kann man damit rechnen, es in unserer Schule anzutreffen«, meinte Alex.

»Julian Soundso betrat einmal die Dusche in der Nähe des vierten Torbogens und blieb drei Jahre lang verschwunden.«

»Was geschah mit ihm?« fragte Geoff und gab sich entsetzt.

»Er wurde sauber an Leib und Seele«, antwortete Mike. »Aber im Ernst: Die meisten Lehrer fielen der Sinn- und

Nutzlosigkeit zum Opfer. Ich glaube, einige von ihnen sind bereits tot.«

»Und niemand hat's gemerkt?«

»Nein.«

»Das erklärt meine guten Noten in Geschichte«, sagte Frankie und lächelte.

»Lebende Geschichte«, betonte Mike.

»Was?«

»Das ist unsere Schule: lebende Geschichte. Ein Überbleibsel des neunzehnten Jahrhunderts. Das gilt auch für den Lehrkörper. Und für uns. Wir sind ebenfalls Teil davon.«

»He, ich bin Teil der Geschichte.« Frankie strahlte. »Das gefällt mir. Darüber schreibe ich im nächsten Aufsatz.«

»Bald hat's ein Ende mit den Aufsätzen und so«, sagte Geoff.

»Wer hat Lust, vor der Abschlußprüfung den Stoff zu wiederholen?« fragte Frankie. »Ich nicht!«

»Ich dachte immer, daß man vorher etwas gelernt haben muß, um Wissen aufzufrischen«, warf Mike ein. »Die Mühe kann ich mir also sparen – ich weiß überhaupt nichts.«

»Man sollte in diesem Zusammenhang von Panik-Lernen sprechen«, schlug Alex vor.

»Red keinen Stuß, Mikey«, brummte Geoff. »Drei Wochen vor der Abschlußprüfung legst du mit dem Büffeln los und bringst alles glatt über die Bühne.«

Mike zuckte mit den Schultern.

»Mein Becher ist schon wieder leer«, sagte Frankie, griff nach der in Stroh gewickelten Chianti-Flasche, schenkte sich nach und bot auch den anderen Wein an.

Liz überlegte einige Sekunden lang, bevor sie sich selbst und Mike ein zweites Bier genehmigte.

Es enthielt ziemlich viel Alkohol, schmeckte bitter und metallisch.

»Warum trinkst du Bier?« wandte sich Geoff an sie.

»Ich halte es nicht für fair zu sagen, daß wir noch im neunzehnten Jahrhundert leben, nur weil wir zufälligerweise hier zur Schule gehen«, verkündete Alex. »Ein großer Teil der Schule ist für Modernisierung. Allerdings: Das Lehrpersonal erweist sich immer wieder als Hindernis für den Fortschritt.«

»Soll das etwa heißen, daß ich doch nicht Teil der lebenden Geschichte bin?« fragte Frankie.

Liz betrachtete die braune Flasche in ihrer Hand. »Wie ich vorhin schon sagte: Ich mag's. Außerdem hilft mir Bier dabei, mich an das eine oder andere zu erinnern. Verstehst du?«

»Ich nehme an, du meinst vage memoriale Eindrücke von deiner lange zurückliegenden Jugend«, erwiderte Geoff.

»Etwas in der Art, ja.«

»Wenn ich Chianti trinke, erinnere ich mich nur daran, in Italien an geparkten Wagen vorbeigewankt zu sein«, sagte Frankie.

»Wann bist du in Italien gewesen?« erkundigte sich Alex.

»Weihnachten. Hat mir gut gefallen. Es kostete nicht viel, sich einen hinter die Binde zu kippen.«

»Ich wünschte, wir würden öfter ins Ausland fahren.« Mike seufzte. »Aber leider ist das nicht der Fall. Ich stelle es mir toll vor, durch Italien zu reisen.«

»Wir planen überhaupt keinen gemeinsamen Urlaub mehr«, sagte Alex. »Nie haben alle Familienmitglieder gleichzeitig frei.«

»Die meisten Leute trinken nicht, um sich zu erinnern«, meinte Geoff. »Ich glaube, sie trinken, um zu vergessen.«

»Die meisten Leute trinken, um betrunken zu werden«, stellte Frankie fest.

»Ich frage mich, ob das stimmt.«

»Klar stimmt's.«

»Vielleicht gibt es auch Leute, die trinken, weil ihnen der Geschmack gefällt«, sagte Alex.

»Dann wäre Ribena das Lieblingsgetränk der Nation«, entgegnete Geoff.

»Und du hieltest keinen Becher mit Chianti in der Hand«, fügte Frankie triumphierend hinzu.

Alex verzog das Gesicht. »Eins zu null für dich. Aber es gibt einen großen Unterschied zwischen angenehmer Entspannung und Trunkenheit.«

»Wo ordnest du dich ein?«

Sie lächelte. »Ich bin entspannt, Geoff. Nicht mehr und nicht weniger.«

»Entspannung ist herrlich«, sagte Mike. »Das Bier könnte kälter sein.«

»Eben hast du geklagt, hier sei es zu kalt«, konterte Alex.

»Das ist etwas ganz anderes.«

Um Mißverständnissen vorzubeugen: Als wir das Loch aufsuchten, wußten wir nichts vom wahren Wesen Martyns – wir kannten es ebensowenig wie uns selbst. Doch der Fehler in Hinsicht auf Martyn sollte weitaus mehr Wirkung haben als andere Irrtümer in unserem Leben.

Genie und Wahnsinn liegen ganz dicht beieinander; daraus ist inzwischen ein Klischee des psychiatrischen Zeitalters geworden. Ich glaube jedoch: Wer so etwas behauptet, legt damit nahe, daß beide Attribute im menschlichen Bewußtsein existieren. Wir haben es vermieden, später über diesen Punkt nachzudenken.

Vielleicht hat die Wissenschaft noch keinen geeigneten Ausdruck entwickelt, um Martyn zu beschreiben. Das ist ein weiterer Grund dafür, diese Worte zu Papier zu bringen, seine und auch unsere Geschichte zu erzählen. Ganz gleich, wo sich Martyn jetzt befindet – die Geschichte geht weiter. Ein kleiner Teil von mir ist neugierig und möchte dem Faden bis zum Ende folgen. Doch die rationalen Schichten meines Selbst wissen nur, daß er fort ist und daß kein Grund mehr besteht, sich zu fürchten.

Kapitel Vier

Ich glaube, wir haben uns jetzt genau genug vorgestellt. Während der drei Tage im Loch fanden wir das eine oder andere über uns heraus. Wir diskutierten, tranken, langweilten uns und hatten die Gesellschaft der anderen bald satt. Niemand von uns war jemals gezwungen gewesen, auf diese Weise zu leben: in einem vergleichsweise kleinen Raum, zusammen mit anderen Personen, deren Angewohnheiten und Schrullen einem bald auf die Nerven gingen. Verärgerung und Gereiztheit kamen auf vielfältige Weise zum Ausdruck: in sarkastischen Bemerkungen; in direkten Beleidigungen, die sich in das Tarngewand harmloser Kommentare kleideten. Nichts Großartiges, nichts Wichtiges. Niemand von uns wußte genau, was sich abspielte, worum es eigentlich ging. Ein- oder zweimal sprach jemand von der bevorstehenden Abschlußprüfung und brachte sein/ihr Bedauern darüber zum Ausdruck, in einem Keller festzusitzen, anstatt zu Hause über den Büchern zu hocken und zu lernen. Die meiste Zeit über warteten wir einfach und offenbarten damit ein Verhalten, das in der Rückschau betrachtet als typisches Charakteristikum der Kindheit bezeichnet werden muß.

Vergangenheit, Gegenwart und Zukunft: alles Orte auf einer Linie, die vielleicht von einem Anfang zu einem Ende reicht, vielleicht aber auch unendlich ist. Wir sind daran gewöhnt, nur einem Teil davon Aufmerksamkeit zu schenken – wie oft sieht man auf Vergangenes zurück, um davon zu lernen? Wie oft wird man an den Schultern gepackt, herumgerissen und *gezwungen,* den Blick auf das zu richten, was sein *könnte?* Vielleicht ist so etwas bereits geschehen; vielleicht kommt es nie dazu.

In der Zukunft erwartet uns etwas wie eine Mauer aus Stein und Asche: der Tod. Wenn jemand stirbt, der einem sehr nahesteht, so ergibt sich dadurch manchmal die Möglichkeit, einen Blick in die eigene Zukunft zu werfen. Der Tod ist ein sonderbares und schreckliches Konzept im Denken und Fühlen der Menschen, der im Lauf der Zeit viele Häuser für seine Furcht gebaut hat. Woher stammen die Vorstellungen von Staub und trockenem Ton? Welcher Zwang veranlaßt uns dazu, den Tod in vertraute Kleidung zu hüllen, ihm eine Sense in die Knochenhand zu drükken? Warum stellen wir uns ihn immer unter der Erde vor? Nun, die letzte Frage enthält bereits die Antwort.

Die Geschichte geht weiter. In mir haben Vorstellung und Erinnerung an das Loch an Klarheit gewonnen. Es fällt mir jetzt wesentlich leichter, Gesichter und Stimmen den ihnen gebührenden Stellenwert zu geben. Die Nacht kam und ging in Dunkelheit. Sieben Stunden später begann der zweite Tag, denn unsere Gewohnheiten in bezug auf Wachen und Schlafen ändern sich nur langsam.

Mike öffnete die Augen und sah einen dunkelgrauen Umriß: den Rand des Kissens. Der Schatten eines Traums glitt an ihm vorbei und verschwand, als er sich darauf zu konzentrieren versuchte. Er blinzelte, drehte den Kopf, rieb Gesicht und Nacken und versuchte dann, die Ziffern auf seiner Armbanduhr zu erkennen – es gelang ihm nicht. Durch den Benommenheitsdunst bemerkte er mattes Licht, stützte sich auf den Ellbogen und ließ den Blick umherschweifen. Knapp zwei Meter entfernt saß Liz, hielt eine Taschenlampe in der Hand und las ein Buch. Mike lächelte. Das *Geheimnis von Liz Sheardon,* dachte er und rollte sich auf den Rücken. Liz hörte die Bewegung und sah über die Schulter.

»Guten Morgen, Schlafmütze«, flüsterte sie.

»Morgen«, erwiderte Mike ebenso leise. »Seit wann bist du wach?«

»Schon seit einer ganzen Weile.« Liz setzte sich auf und zog den Schlafsack bis zum Kinn hoch. »Habe ich dich geweckt?«

»Nein. Ich schätze, mein innerer Wecker hat geklingelt. Obwohl ich noch immer ziemlich groggy bin.«

Liz kicherte. »Ich habe zuviel Bier getrunken. Hast du gehört, daß ich um drei aufgestanden bin, um der Toilette einen Besuch abzustatten?«

»Nein.« Mike lächelte.

»Zum Glück hatte ich die Taschenlampe. Sonst wäre ich bestimmt über jemanden gestolpert.«

»Wieso hast du eine Taschenlampe mitgebracht?«

Liz zuckte mit den Schultern. »Manchmal brennen Glühbirnen durch.«

»Ich bin beeindruckt«, sagte Mike. »Du hast dich gründlich vorbereitet, nicht wahr?«

»Wie meinst du das?«

»Nur du hast an ein Handtuch gedacht. Und jetzt dies. Es ist keine große Sache, aber ich habe nur gedankenlos irgendwelche Dinge in meinen Rucksack gestopft.«

»Ich bin daran gewöhnt, allein zurechtzukommen – das mag der Grund sein.«

»Eine gute Sache«, sagte Mike und fragte sich, was Liz damit meinte.

»Vielleicht.« Eine kurze Pause. »Mike?«

»Ja?«

»Hattest du einen Traum?«

»Nicht daß ich wüßte. Warum?«

»Du hast gesprochen.«

Mike fühlte eine Mischung aus Erheiterung und Verlegenheit. »Ach? Und was?«

»Keine Ahnung. Ich hab's nicht verstanden. Es passierte eben, kurz bevor du aufgewacht bist.«

»Jetzt fange ich schon an, mit mir selbst zu reden. Da fällt mir ein: Beim Schulausflug im letzten Jahr hat irgendein Typ ganz laut ›Kaninchen! *So'n Mist!*‹ gerufen. Dadurch weckte er nicht nur sich selbst, sondern auch alle anderen.«

»Im Ernst?«

»Ja.« Mike lächelte, als er sich daran erinnerte.

Liz sah nach oben. »Wenn nur die Taschenlampe

brennt …«, flüsterte sie. »Dann könnte man glauben, über uns befindet sich überhaupt nichts.«

Diese Worte überraschten Mike. Er lächelte und schauderte.

»Mike?«

»Mhm?«

»Ich zeige dir was, wenn du möchtest.«

»Was denn?«

»Paß auf.« Es klickte leise, und dem Licht der Taschenlampe folgte Dunkelheit.

»Sieh nach oben zur Tür«, sagte Liz.

Mike hob den Kopf und starrte in die Finsternis. Sonderbare grüne und rote Schleier zogen langsam vor seinen Augen dahin – sie verdankten ihre Existenz dem abrupten Wechsel von matter Helligkeit und lichtloser Schwärze. Allmählich lösten sie sich auf.

»Siehst du's?«

»Nein. Wo denn? Nach was soll ich überhaupt Ausschau halten?«

»Bei der Tür. In halber Höhe.«

Mikes Blick wanderte hin und her. »Ich kann nichts erkennen.«

Im Dunkeln bewegte sich etwas, und einige Sekunden später hockte Liz neben ihm.

»Dort oben.« Ihre schmalen Hände neigten Mikes Kopf, so daß sein Gesicht nach oben wies, in eine bestimmte Richtung. Bisher hatte er eine weiter unten gelegene Stelle beobachtet.

»Ich glaube … ja, jetzt sehe ich es. Was ist das?«

Wenn man wußte, wohin es zu blicken galt, so offenbarte sich ein grauer Fleck in der Schwärze.

»Das Schlüsselloch«, hauchte Liz, und ihre Hände glitten fort von Mikes Gesicht. Kurze Zeit später hörte er, wie sie in ihren Schlafsack zurückkroch. »Es ist doch schön, einen Stern an unserem Himmel zu haben, oder?«

»Er glänzt nicht besonders hell«, stellte Mike fest.

»Nein«, pflichtete ihm Liz bei. »Aber es ist besser als gar

nichts. Außerdem scheint unser Stern sehr weit entfernt zu sein.«

Mike nickte. »Ja, das stimmt.«

Ein neuerliches Klicken brachte das Licht der Taschenlampe zurück, und der graue Fleck – Hinweis auf den draußen beginnenden Morgen – verschwand sofort.

»Sprich mit niemandem darüber«, sagte Liz. »Dies ist nur etwas für uns Frühaufsteher.«

»In Ordnung.« Mike überlegte eine Zeitlang. »Weißt du was?« fragte er schließlich – und genau in diesem Augenblick klingelte Geoffs Wecker. Frankies Hände erschienen an der Öffnung ihres Schlafsacks.

»Lieber Himmel«, ächzte sie. »Wie spät ist es?«

Die Stimmen spielender Kinder erklangen unten beim Fluß, und hinzu kamen die Geräusche des Waldes: Insekten und Vögel, das Blätterrascheln von tausend Bäumen und anderen Pflanzen, die von der Sonne Wärme empfingen. Ein breiter, häufig benutzter Pfad führte durchs Grün, und an einigen Stellen zweigten kleinere Wege ab; wer ihrem Verlauf folgte, gelangte in die dichteren Bereiche. Wenn nicht die Autos gewesen wären, die in der Ferne über den Asphalt rollten, dann hätte man den Wald für einen Dschungel halten und das nahe Städtchen ganz vergessen können.

Wir wanderten zwischen den Bäumen und genossen das herrliche Wetter. Und wir nutzten die Gelegenheit, über alles zu reden. Es gab noch immer viel zu besprechen.

»Ich bin ganz Ohr«, sagte Mike.

»Nun, es ist nicht leicht für mich. Bei der Geschichte geht es um mehr, nicht nur um die Schule und das Loch.«

»Um Martyn?«

»Ja. Einerseits erscheint alles ganz einfach, aber wenn man die Sache aus einem anderen Blickwinkel sieht, wird's schwierig. Es gibt eine ganze Menge, über das ich keine Klarheit gewinne, weil niemand davon berichtet. Zum Beispiel Lisa – das kam völlig unerwartet.«

»Möchte ich mehr davon erfahren?« murmelte er wie im Selbstgespräch.

»Es sind keine guten Neuigkeiten.«

»Das habe ich nicht anders erwartet.«

Einige Amseln flatterten auf.

Schließlich begann er damit, mir von Dingen zu erzählen. Du weißt schon – wo er aufwuchs und so. In gewisser Weise gewährte er Einblick in sein Wesen. Er sagte immer wieder: »Früher war ich ganz anders als heute.« Er schien sich verpflichtet zu fühlen, das erklären zu müssen – als sei ich sonst gar nicht imstande, alles richtig zu verstehen und so. »In Ordnung, nur zu«, erwiderte ich mehrmals, weißt du, ich wollte nicht, daß er aufhörte. Ich dachte, jetzt redet er noch über sich selbst, aber vielleicht dauert's nicht mehr lange, bis er über uns spricht. Deshalb sagte ich, ja, das ist alles sehr interessant. Auf diese Weise wollte ich dafür sorgen, daß er in Schwung blieb und nicht plötzlich schwieg.

Manchmal strich er mir übers Haar und meinte, wie hübsch ich sei, und die ganze Zeit über war er nervös, ja, und seine Nervosität nahm immer mehr zu, so als fürchtete er sich vor etwas. Es hatte den Anschein, daß er sich vor mir *fürchtete. Nun, es geschah nicht sehr oft, und er beschränkte sich immer nur darauf, mein Haar zu berühren. Und er sprach und sprach, fast immer nur über belangloses Zeug.*

Er bezeichnete es als sein Hobby, mit offenen Augen zu träumen, über Dinge nachzudenken, sich etwas einfallen zu lassen und so. »Was denn?« fragte ich, aber er lachte und antwortete, sie seien zu kompliziert für mich, zu kompliziert für alle, *betonte er. Damit schien er andeuten zu wollen, daß nur er imstande war, seine eigenen Einfälle zu verstehen. Nun, vielleicht stimmte das sogar. Sein Zimmer wirkte leer: Nichts hing an den Wänden, nicht einmal Poster oder so. Vielleicht befand sich alles in seinem Kopf.*

Jene Frau. Die Tante, du hast sie gesehen, erinnerst du dich? Sie war die meiste Zeit über daheim, und der Onkel kam abends nach Hause. Ich schätze, sie haben ihn ziemlich normal behan-

delt. Jedenfalls verhielt er sich ihnen *gegenüber normal. Manchmal wirkten sie irgendwie unschlüssig. Eigentlich gab es nichts an ihnen auszusetzen. Ich meine, sie waren freundlich, boten mir Tee an und sprachen in der Art von »Oh, bist du Martyns Freundin?« Ja, die meiste Zeit über fand ich's dort recht angenehm und gemütlich. Ich glaube, Tante und Onkel freuten sich darüber, daß er jemanden von der Schule mit nach Hause brachte und ihnen vorstellte, ein anständiges Mädchen aus normalen Verhältnissen und so. Alles war ganz nett, eine Zeitlang.*

Vom Loch wußte ich nichts, bis die Sache begann. Das schwöre ich. Ich meine, wenn mir etwas bekannt gewesen wäre, hätte ich mit jemandem darüber gesprochen. Du darfst nicht glauben, daß ich … Nun, ich habe Martyn von einer Seite kennengelernt, die für viele andere Leute verborgen blieb, aber ich dachte, er hätte sich und das Etwas in sich unter Kontrolle. Ich wußte nicht, zu was er fähig war; als ich es begriff, war es zu spät.

Er erfreute sich immer großer Beliebtheit, sowohl in der Schule als auch außerhalb davon. Viele von uns wünschten sich seine Freundschaft. Ich fühlte mich fast undankbar, weil ich zweifelte. Als läge das Problem bei mir. Als bildete ich mir alles nur ein. Als sei das, was mir seltsam erschien, in Wirklichkeit völlig normal. Und alle, die ich kannte … Ach, was hast du für ein Glück, daß du seine Freundin bist. Nie hieß es: Martyn, Lisas Freund. Immer verhielt es sich genau umgekehrt. Selbst wenn die anderen Mädchen über uns sprachen: Immer kam er an erster Stelle, und ich war kaum mehr als ein Anhängsel. Wofür man auch noch Dankbarkeit von mir erwartete. Nach einer Weile ist es sehr schwer, gegen solche Vorstellungen anzukämpfen. Zu Anfang schien mit ihm alles bestens zu sein. Glaube ich jedenfalls. Ja, wenn ich ganz ehrlich sein soll, war er okay. Wirklich. Wenn ich heute zum Anfang zurückblicke, dann muß ich vorbeisehen an … an …

Hinzu kommt, daß ich nicht sehr stark gewesen bin. Ich brachte nicht die Kraft auf, ihn einfach so zu verlassen, ohne einen konkreten Grund Schluß zu machen. Und … Meine Güte, Liz, ich glaube …

Ich glaube, ich war regelrecht in ihn verliebt. Ist das zu fas-

sen? Ja, ich glaube, ich habe ihn geliebt. Vielleicht lag's daran, daß es sehr schwerfiel, nicht *von ihm fasziniert zu sein. Ich wollte ebenso beliebt sein wie er, von den übrigen Mädchen beneidet werden. Und er erfüllte mir diesen Wunsch, zumindest für eine Weile. Aber wenn wir zusammen waren, schien er manchmal nicht mehr er selbst zu sein. Bei solchen Gelegenheiten zeigte sich etwas in ihm, das er sonst immer versteckte. Ab und zu konnte ich einen Blick darauf werfen, weil wir viel Zeit miteinander verbrachten. Er wollte mich jeden Tag sehen, jeden Abend – um mich anzuschauen, um mit mir über Dinge zu sprechen, die ich gar nicht richtig verstand – übers Leben und darüber, was man damit anstellt; was ich von diesem und jenem hielt; wer einen Dämpfer verdiente; wer die nächste Zielscheibe für einen seiner monströsen Streiche werden sollte.*

Nie lachte er über etwas. Ich dachte damals: Er ist zu reif, um zu lachen; er bereitet seine Streiche vor, und anschließend beobachtet er in aller Ruhe, wie sie sich entwickeln. Aber das stimmt nicht, wie ich heute weiß. Ich glaube, er fand überhaupt nichts lustig. Verstehst du? Aber wenn man etwas als Scherz bezeichnet, dann ist doch alles in Ordnung, oder? Es war nur ein Scherz. *Wen kümmert's, wenn deshalb jemand um seine Existenz gebracht wird? Wichtig ist nur, daß der betreffende Zwischenfall amüsant war, oder? Bei dieser Vorstellung graut's mir. Selbst wenn man ihn gefaßt hätte, selbst wenn alle Einzelheiten bekannt geworden wären. Das Loch könnte ein schiefgegangener Scherz gewesen sein. Vielleicht ... vielleicht gehörte das dazu. Vielleicht handelte es sich um eine Art Test. Er sprach in diesem Zusammenhang von einem Experiment mit ... ich weiß nicht genau. Dem Leben oder so. Von Spaß war dabei keine Rede.*

Und dann plötzlich ... An einem Abend bröckelte ein Teil der Fassade ab, entpuppte sich als Maske, und dahinter kam es zum Vorschein. Dann strich mir nicht mehr Martyn übers Haar, sondern jemand, etwas *anderes. Das Fremde sprach mit mir und sah mich an. Er schien dabei auf etwas zu warten; oder vielleicht wartete etwas auf ihn – ich weiß es nicht genau. Weitere Hinweise boten sich mir nicht. Nur die Augen. Die Pupillen verrieten einiges. Aber damals verstand ich das nicht. Bitte glaub mir: Andernfalls hätte ich dir Bescheid gegeben, bestimmt. Aber er sagte nichts, bis … bis …*

Ich schaltete den Kassettenrecorder aus. Und stellte fest, daß ich trotz Wärme und Entschlossenheit zitterte.

»Was ich jetzt machen würde?« wiederholte Alex. »Keine Ahnung. Das Wetter scheint gut zu sein. Ich hätte Lust, mich in die Sonne zu legen.«

»Ich wäre noch im Reich der Träume«, meinte Frankie. »Es ist noch nicht einmal Mittag. Ich verstehe nicht, warum ihr es so eilig damit habt, wach zu werden und aufzustehen.«

»Du solltest froh sein«, meinte Geoff. »Stell dir vor, du schläfst noch und schnarchst. Dann müßten wir dir kaltes Wasser ins Gesicht spritzen – woraufhin du naß *und* wach wärst.«

»Ja.«

»Mir würde es gefallen, draußen zu sein«, ließ sich Mike vernehmen. »Wenn wir dies hier hinter uns haben, hätte ich Lust, den einen oder anderen Berg zu erklettern, die Aussicht zu genießen und so.«

Alex nickte. »Solche Empfindungen regen sich hier. Vielleicht das Resultat von leichter Klaustrophobie.«

»Für jemanden, der an Klaustrophobie leidet, käme das hier einem Alptraum gleich«, warf Frankie ein. »Die Wände! Die Wände rücken näher, um mich zu zerquetschen!«

»So wie in *Krieg der Sterne*«, sagte Geoff.

»Was?« fragte Frankie.

»Um diese Zeit im letzten Jahr lag ich mit Grippe im Bett«, erinnerte sich Mike. »Eine *richtige* Grippe. Schrecklich war's.«

»Letztes Jahr um diese Zeit?« Alex überlegte kurz. »Da bin ich in Frankreich gewesen.«

»Hast du nicht gesagt, daß ihr nie Urlaub macht?« erwiderte Geoff.

»Damit meinte ich die ganze Familie. Mein Vater fliegt mehrmals im Jahr nach Amerika – er verbringt mehr Zeit über dem Atlantik als bei uns daheim. Meine Mutter ist mit vielen verschiedenen Dingen beschäftigt. Arbeit und so. Ich war mit einer Freundin in Frankreich. Wir wohnten dort in einer kleinen, billigen Herberge und zogen zwei Wochen lang umher.«

»Hat's dir gefallen?« erkundigte sich Mike.

»Und wie. Ich mag Frankreich. Dort gibt's eine seltsame Mischung aus Hochmodernem und Mittelalterlichem.«

»Wie bei mir zu Hause«, murmelte Mike.

»Frankie?«

»Äh, letztes Jahr um diese Zeit ... Ich weiß nicht mehr. Wartet mal.« Frankie runzelte die Stirn. »Die erste Ferienwoche ... Oh, jetzt fällt's mir wieder ein. Damals fand eine Party nach der anderen statt. Wißt ihr noch? Wir organisierten Feten, um das Ende der Teenie-Feten zu feiern. Adieu, Sweet Sixteen.«

»Was habt ihr veranstaltet?« fragte Geoff. Er schien völlig darauf konzentriert zu sein, einen Faden aus der Knieausbeulung seiner Jeans zu ziehen.

»Oh, es ging echt ab. Zum Beispiel ließen wir eine verspätete Silvesterparty steigen.« Frankie kicherte. »Wir fuhren nach London und tanzten auf dem Trafalgar Square und so.«

»Wer ›wir‹?« fragte Mike.

»Kate, Jim Stevens, Alice, Dobbs und die anderen.«

»Ach, *der* Haufen.«

Frankie kniff die Augen zusammen. »Was soll das denn heißen?«

»Eine Gruppe, deren Mitglieder eines gemeinsam haben«, verkündete Geoff. »Das Bestreben, als menschliche Wesen anerkannt zu werden.«

»Halt den Rand, Geoff.« Frankie schnaufte leise. »Diese Bemerkung sollte ich auf kleine Karten drucken lassen, um die Worte nicht immer aussprechen zu müssen. Auf diese Weise könnte ich eine Menge Zeit sparen.«

»Es würde dich ein Vermögen kosten«, kommentierte Mike. »So oft wie du ihn aufforderst, den Rand zu halten …«

»Und du, Geoff?« fragte Alex taktvoll. »Was ist mit dir?«

»Was soll schon mit mir sein?«

»Wo bist du im letzten Jahr um diese Zeit gewesen?«

Geoff zuckte mit den Schultern. »Irgendwo.«

»Raus damit«, drängte Mike.

»Nun, laßt mich mal nachdenken. Ich glaube, letztes Jahr um diese Zeit haben Terroristen unser Haus gestürmt. Wir mußten Onkel George bitten, ihnen eine Lektion zu erteilen. Onkel George war früher bei der SAS, aber dort flog er raus – man warf ihm vor, zu grob zu sein.«

Mike lächelte. »Mal im Ernst.«

Erneut hob und senkte Geoff die Schultern. »Keine Ahnung. Vielleicht habe ich gepennt oder so. Ich habe nicht so viele soziale Verpflichtungen wie ihr.«

»Ich lag mit der Grippe im Bett«, betonte Mike noch einmal.

»Wenigstens haben dir Mikroben Gesellschaft geleistet.«

»Ich wette, du hast irgend etwas erlebt«, sagte Alex zu Geoff. »Man kann nicht rund um die Uhr an der Matratze horchen.«

»Wenn ich etwas Aufregendes erlebt habe, hat's bemerkenswert wenige Spuren in meinem Gedächtnis hinterlassen.«

»Liz?« fragte Alex.

»Ich war auf dem Dach meines Schuppens.«

»Am Ostersonntag *und* am Ostermontag?«

»Nein. Etwa um diese Zeit. Ich habe einen Schuppen im Garten gebaut und das Dach abgedichtet.«

»Ganz allein?« fragte Mike.

»Nur die gute alte Liz«, lautete die Antwort.

»Du hast einen *Schuppen* gebaut?« vergewisserte sich Alex. »He, das ist echt beeindruckend.«

»Klingt ganz so, als hättest du ebensoviel Spaß gehabt wie ich«, brummte Geoff.

»Mir hat's gefallen«, sagte Liz. »Der Schuppen existiert nach wie vor. Und *ich* habe ihn gebaut, mit meinen eigenen Händen.«

»Offenbar bist du praktisch veranlagt«, meinte Frankie. »Erst das Kochen, und jetzt die Konstruktion von Schuppen. Ich wußte gar nicht, daß du so selbständig bist.«

»Man gewöhnt sich an alles«, erwiderte Liz knapp.

»Was gibt's zum Mittagessen?« fragte Mike. Er glaubte zu spüren, daß dieses spezielle Thema Liz Unbehagen bereitete.

»Aha!« entfuhr es Geoff. »Der wandelnde Appetit öffnet wieder den Rachen.«

»Abgesehen von Schinken ist mir alles recht«, meinte Alex.

Jener Abend war sehr angenehm – eine Zeit des Lichts in der langen Dunkelheit des Loches. Wir erörterten unsere Erwartungen in Hinsicht auf das Leben – ein ebenso ergiebiger wie interessanter Gesprächsstoff. Noch trugen wir nicht den Ballast von Weitblick und Voraussicht, was uns in die Lage versetzte, die Zukunft als eine einladende Welt zu sehen, der wir ganz bewußt entgegenschritten. Wenn das Leben wirklich so beschaffen war, wie wir es empfanden, so mußte es einfach, problemlos und vermutlich auch langweilig sein.

Die Illusion des freien Willens ist nur der Schatten unserer Ignoranz in bezug auf die Zukunft. Es erscheint absurd anzunehmen, die Zukunft unterläge unserer Kontrolle und Launenhaftigkeit, nur weil wir noch nicht ihre Gestalt und Struktur erkennen. Von einem Tag zum nächsten ändern sich nur unsere Einstellungen. Entlang jener Linie, die wir als ›Zeit‹ wahrnehmen, bewegt sich allein unser Blickwinkel, und der hat auf die objektive Realität keinen Einfluß.

Ich glaube nicht, daß wir jemals Gelegenheit erhalten, die Zukunft zu sehen.

Nie habe ich darüber nachgedacht, auf welche Weise wir die Wirklichkeit betrachten – bis Martyn mich dazu zwang. Martyn und die anderen im Loch. Nun, wenn man beginnt, alles aus einer derartigen Perspektive zu sehen, so bleibt die entsprechende Methode für immer im Gehirn haften, und das Resultat sieht folgendermaßen aus: Bemerkungen, Annahmen, Vermutungen, Neigungen und Vorurteile – alles wird in Frage gestellt. Im Grunde genommen eine sehr vernünftige Haltung. Aber sie macht das Leben auch schwer. Es kann schmerzhaft sein, das eigene Denken und Empfinden von solchen Prinzipien bestimmen zu lassen.

Es hat etwas mit dem Hier und Heute zu tun. Wenn ich das Notizheft beiseite lege, mich zurücklehne oder nach unten gehe, um etwas zu essen und zu trinken, dann weicht das Loch ein wenig zurück, und es kommt zu einer Art Überblendung wie beim Fernsehen, zu einem Wechsel, der das ganz normale Leben zurückbringt. Doch hier in der Mansarde ist alles nah und greifbar. Hier scheint es zu wachsen und den ganzen Raum zu füllen, sobald ich darüber schreibe.

Während die Worte auf dem Papier zu Unveränderlichkeit trocknen, höre ich, wie meine Mutter in der Küche das Radio einschaltet. Irgendwo schließt sich eine Garagentür. Die kühle Luft des Abends streicht am halb geöffneten Fenster vorbei, und das Licht der untergehenden Sonne scheint die Baumwipfel zu entzünden. Eine lange, herrlich milde sommerliche Abenddämmerung beginnt, verleiht dem Gras eine blaugraue Tönung. Ich sehe auf und erkenne faserige Wolken hoch am Himmel. Das Loch scheint Jahrhunderte entfernt und Teil einer ganz anderen Welt zu sein.

Kapitel Fünf

Tag Nummer drei – der letzte Tag im Loch.

»Der gute alte Englisch-Block«, sagte Mike beim Mittagessen und klopfte an die Mauer. »Ich werde ihn vermissen.«

»Ich sitze hier schon so lange, daß ich praktisch zum unbeweglichen Inventar gehöre«, meinte Alex.

Frankie lag auf dem Rücken, trat mit den Beinen und griff in die Tasche einer achtlos neben den Schlafsack gelegten Bluse. Triumphierend holte sie einen kleinen Klumpen hervor.

»Ah, die letzte Geleefrucht«, verkündete sie glücklich. »Ich wußte, daß etwas übriggeblieben ist.«

»Lieber Himmel«, ächzte Geoff. »Das Zeug ist schon ganz grau.«

Frankie betrachtete das Objekt. »Und wenn schon. Es hat immerhin Zitronengeschmack.«

»Bäh.« Mike schüttelte sich. »Sieht alles andere als appetitanregend aus.«

»He, habt ihr das gehört?« fragte Geoff. »Für Mike sieht's nicht appetitanregend aus. Meine Güte, das Ding muß bereits halb verfault sein.«

»Mike Mahlzahn«, sagte Alex und lächelte.

Mike öffnete den Mund. »Ich habe keine Plomben«, brachte er undeutlich hervor.

»Die Gründe dafür heißen bestimmt nicht Zurückhaltung und Mäßigung«, erwiderte Geoff.

Das Mittagessen bereiteten sie mit dem letzten Gaszylinder des Kochers zu. Es gab Fleischklöße aus Konservendosen und diverse Reste, die aus verschiedenen Rucksäkken stammten. Während der Mahlzeit setzten sie ihre Gespräche fort; alle hatten plötzlich viel zu sagen.

Um drei Uhr hob Geoff den Arm.

»Hat jemand was zu trinken?« fragte er.

»Ich glaube, ich habe noch etwas Limonade«, antwortete Liz.

Geoff warf ihr einen kurzen Blick zu. »Ich meine etwas Alkoholisches.«

»Oh«, sagte Liz. Die anderen schüttelten den Kopf. Geoff griff hinter seinen an der Wand lehnenden Rucksack und präsentierte stolz eine Flasche Wodka samt Zitrone.

»Das habe ich für diesen Augenblick aufgespart. Für eine letzte Party, mit der wir uns von Freuden dieser Art verabschieden.«

Mike sah zur Decke. »Der Kerl hat sogar eine Zitrone mitgebracht. Mann, bei dir ist das Trinken eine Art Berufung, wie?«

»Eine Kunst«, entgegnete Geoff weise.

»Und wer möchte schon ein Kunstbanause sein?« fragte Alex.

Mike schnitt eine Grimasse. »Habt ihr schon mal die Leber nach ihrer Meinung gefragt?«

Sie mixten den Wodka mit Liz' Limonade und stießen an.

»Hallo«, sagte er.

Ich saß auf der alten Bank hinter dem zweiten Bogen. Der kleine Bus mit dem Rest der Klasse war vor rund einer Stunde aufgebrochen; ich hatte beobachtet, wie er mit begeisterten Ausflüglern über den Asphalt vorm Kricketpavillon rollte.

Martyns Wangen glühten, und er schien ziemlich überrascht zu sein, mich zu sehen. Er stellte eine große Reisetasche am Bogen ab und näherte sich. »Du bist früh dran. Wir hatten fünf Uhr vereinbart.«

»Läuft die Stoppuhr schon?« fragte ich.

»So fanatisch bin ich nicht«, erwiderte er. »Was machst du hier?«

»Ich habe gerade von unseren Klassenkameraden Abschied genommen«, erklärte ich.

Diese Worte bewirkten eine seltsame Reaktion. Martyn verharrte abrupt, und für einen Sekundenbruchteil zeigten sich in seinem Gesicht sowohl Verwirrung als auch Ärger. »Haben sie dich gesehen?« fragte er.

»Natürlich nicht.«

»Bist du sicher?«

»Ja. Ich habe den Platz überhaupt nicht betreten und bin die ganze Zeit über hier gewesen.«

Daraufhin schien sich Martyn wieder zu entspannen. »Gut. Wenn man dich gesehen hätte, wäre das eine üble Sache. Brächte alles durcheinander.«

»Ich weiß«, sagte ich. »Deshalb habe ich mich nicht gezeigt.«

Martyns Lippen gerieten in Bewegung, formten ein Lächeln.

»Gut. Schließlich wollen wir doch nicht, daß unser kleines Projekt bekannt wird, oder? Ich möchte vermeiden, daß Carter oder Arkwright mitkriegen, was ich geplant habe.«

»Was hast du geplant?«

Martyn lachte. »Abwarten und Tee trinken, wie fast alle Großmütter sagen.« Er setzte sich und streckte die Beine. Eine Strähne des blonden Haares fiel ihm ins Auge, und er blies nach oben, um sie zu entfernen.

»Obwohl Carter eigentlich gar nicht darauf achtet, was ich anstelle«, fuhr Martyn fort. »In gewisser Weise ist es manchmal sogar enttäuschend, daß er mich nie verdächtigt. Er glaubt immer, schuld hätten die Rüpel von der anderen Seite des Hofes. Denkt viel zu eingleisig, der Typ.«

»Wie meinst du das?«

»Unter ›Problemkindern‹ stellt er sich junge Burschen vor, die schmuddelige Lederjacken tragen, beim Rauchen erwischt werden und während des Unterrichts quasseln. Er denkt dabei an Jungen, die in der Vorbereitungsschule Kaugummis an die Klassenzimmerdecke spuckten. Nun, vor dreißig Jahren lag er mit solchen Vorstellungen vielleicht richtig.«

»Siehst du dich als das Musterbeispiel des neuen Schulrebellen?«

Er lachte und zuckte kurz mit den Schultern. »Man vergleiche den perfekten Rebellen mit dem perfekten Verbrecher. Er ist nicht der, für den man ihn hält. Er erfüllt seine Pflicht, vergißt nie die Hausaufgaben, gilt als höflich und läßt sich nicht erwischen. Man nehme mich und unseren Freund Carter, der glaubt, daß hinten in meiner Hose die Sonne scheint. Wobei ich darauf hinweisen möchte, daß es sich um eine saubere Hose handelt, mit Bügelfalten an den richtigen Stellen.«

Ich nickte und verstand. »Aber die ganze Schule weiß über dich Bescheid.«

»Oh, ich bin alles andere als ein perfekter Rebell«, sagte Martyn wie beiläufig. »Es ist nur ein Hobby von mir.«

»Ja«, entgegnete ich verwundert. Es mußte scherzhaft gemeint sein – obgleich es nicht so klang. »Und worin besteht das perfekte Verbrechen?«

Martyn runzelte die Stirn und schien jetzt zum erstenmal darüber nachzudenken.

»Es ist ein Verbrechen, von dem niemand etwas weiß«, sagte er nach einer Weile.

»Ich bin zu dem gleichen Schluß gelangt«, stimmte ich zu.

Wenn ich mich heute daran erinnere, so sehe ich einen Fehler – einen kleinen Schnitzer, der damals meiner Aufmerksamkeit entging. Martyn dachte ein wenig zu lange nach, bevor er meine Frage beantwortete. An den Worten selbst gab es nichts auszusetzen. Aber er war viel zu intelligent, um das Offensichtliche erst nach drei Sekunden zu erkennen. Das sorgfältige Überlegen heuchelte er nur und wußte die richtige Antwort von vorneherein.

»Leute wie Carter scheinen zu glauben, daß nur solche Dinge passieren können, die ihnen bereits vertraut sind«, dozierte Martyn. »Was sich außerhalb ihres Erfahrungshorizonts befindet, ist schlicht und einfach unmöglich. Nun, Mr. Carter hat den Finger am Puls der Schule, wie er immer wieder behauptet. Seit dreißig Jahren unterrichtet er, und deshalb kennt er sich aus. Doch plötzlich passiert was, und es läßt sich kein Schuldiger finden. Wie reagiert der arme Mr. Carter darauf? Er verhält sich ebenso wie der schätzenswerte Mr. Arkwright, sogar wie der alte Gibbon, Frieden seiner Seele: Er unternimmt nichts, weil er gar keine andere Möglichkeit sieht. Eigentlich traurig.«

»Welchen Rat würdest du jemandem geben, der ein perfekter Schulrebell werden möchte?« erkundigte ich mich.

»Er sollte in großen Maßstäben denken«, sagte Martyn sofort. »Halbherzige Sachen führen nur zum Rausschmiß.«

»Große Maßstäbe ... Paßt diese Beschreibung auf die Ansprache zum Semesterende?«

»Ja. Außerdem ist es eine Frage der Persönlichkeit. Ich wußte, daß Arkwright nicht nach einem Übeltäter suchen würde. Der Grund: Mit entsprechenden Ermittlungen hätte er zugegeben, daß mehr hinter dem verschleierten Vorwurf steckte, den das Schaf symbolisierte.«

»Er wollte nicht eingestehen, daß ein Versuch stattfand, Mr. Law zu verleumden«, sagte ich.

»Genau. Deshalb interpretierte er den Zwischenfall als Scherz und ging mit einem Lachen darüber hinweg. Wer weiß? Vielleicht begriff er tatsächlich nicht, daß sich die Sache gegen Law richtete. Vielleicht hielt der alte Knabe wirklich alles für lustig. In unserer Schule sind schon des öfteren Dinge passiert, die ihm ein Rätsel blieben.« So etwas wie grimmige Zufriedenheit schwang in Martyns Stimme mit.

»Mir tut die Universität leid, dic dich beherbergen muß«, sagte ich und schmunzelte.

»Oh, kommt darauf an.« Martyn winkte ab, sprach wie beiläufig. »Vielleicht vergeudest du dein Mitgefühl. Ich glaube, Streiche verlieren immer mehr an Bedeutung.«

»Willst du dich anderen Dingen zuwenden?«

»Ja.«

Ich dachte darüber nach. »Und das Loch?«

»Mit Streichen oder Scherzen hat es nichts zu tun. Darauf habe ich doch schon hingewiesen, oder? Es ist ein Experiment mit …«

»… mit dem wirklichen Leben«, beendete ich den Satz. »So hast du es genannt.«

»Etwas ganz anderes also, ja.«

Wir hörten das Geräusch von Schritten und sahen auf. Geoff kam um die Ecke. »Hallo, Leute. Hier soll 'ne Party steigen, oder?«

»Bist du angemessen ausgerüstet?« fragte Martyn.

»Offenbar sind dir noch nicht die Gerüchte zu Ohren gekommen – sonst hättest du wohl kaum eine solche Frage gestellt. Was hast du dabei?«

»Eine Strickleiter«, sagte Martyn. »Sie ist ein integraler Bestandteil unseres kleinen Abenteuers.«

»Klingt vielversprechend«, erwiderte Geoff.

Um vier Uhr blieb nur noch eine Stunde bis zum Ablauf der dreitägigen Frist, und im Loch herrschte eine besonders entspannte Atmosphäre. Mike hatte mehr von Geoffs Wodka getrunken, als es zunächst seine Absicht gewesen war, und saß nun im warmen Glanz des Wohlwollens da, der alles zu umhüllen schien. Wenn man den Wodka mit der Limonade mixte, so schmeckte man den Alkohol fast gar nicht mehr.

Inzwischen nippte Mike am fünften Becher, ebenso wie Geoff und Frankie. *Was soll's?* dachte er. *In einer Stunde haben wir alles überstanden.* Er runzelte die Stirn, als ihm die Strickleiter einfiel. Es mochte problematisch werden, an ihr nach oben zu klettern.

Er hob den Kopf und begegnete dem Blick einer lächelnden Alex.

»Du siehst vollkommen betrunken aus«, sagte sie.

»Tatsächlich?«

»Ja.«

»Und woran willst du erkennen, daß ich betrunken bin?«

»Deine Augen sind ganz trüb.«

Mike verzog das Gesicht. »Das liegt daran, daß du selbst alles verschwommen siehst.«

Alex lachte. »Was durchaus möglich sein könnte«, räumte sie ein.

»Wer ist der beste Kerl?« fragte Frankie laut.

»Wovon faselst du da?« brummte Geoff.

»Von guten Kerlen«, antwortete Frankie. »Mike ist ein netter Kerl. Alex ist ein netter Kerl. Oder sollte ich besser sagen: nette Kerlin? Frankie ist ein *sehr* netter Kerl. Aber wer ist der netteste aller netten Kerle?«

»Bei dir sitzt eine Schraube locker«, diagnostizierte Alex.

»Oder auch zwei«, fügte Mike hinzu.

»Ich protestiere gegen den Ausdruck ›netter Kerl‹, weil er zu verdammt langweilig ist«, sagte Geoff.

»Ich halte Liz für einen netten Kerl«, meinte Mike.

»Danke«, entgegnete Liz. »Welche Eigenschaften erwartest du von einem netten Kerl?«

»Ich weiß, welche Eigenschaften ich von einer ›guten Kerlin‹ erwarte«, erklärte Geoff. »Hübsche Beine und Abenteuerlust.«

»Du sprichst nicht von einem netten Kerl, sondern von einer guten Nummer.« Mike lachte. »Ha! Zum Totlachen!«

»Unser Hund hat hübsche Beine und jede Menge Abenteuerlust«, stellte Alex fest. »Offenbar hast du einen seltsamen Geschmack, was Frauen betrifft, Geoff.«

»Sie lästert schon wieder über mich«, klagte er.

»Kam der Witz gut rüber?« fragte Mike.

»So gut, wie es die Umstände zuließen«, erwiderte Liz.

Das Einmachglas vor mir enthält Bleistifte und Kugelschreiber. Ich frage mich oft, warum wir noch in diesem großen alten Haus wohnen, hinter den Bäumen und abseits des Ortes. Nur einige hundert Meter entfernt zieht sich das glitzernde Band des Flusses durch den Wald. Den Fluß mag ich sehr; erst gestern habe ich ihm einen Besuch abgestattet, um bei den Kastanien spazierenzugehen. Doch das Haus verwirrt mich nach wie vor, was das Obergeschoß und die Mansarde betrifft. In jenen Bereichen hält sich außer mir fast nie jemand auf, und deshalb sind sie so geworden wie ich. Mit anderen Worten: Sie spiegeln mein Wesen wider. Das hinter der Küche befindliche Zimmer meiner Mutter ist blau und frisch und sauber; Aquarelle hängen dort an den Wänden, und auf dem Fenstersims steht eine hohe, dünne Vase. Mein Raum hingegen bietet ein Durcheinander aus braunen und ockerfarbenen Tönen – Herbstfarben, die zu glühen scheinen, wenn das Sonnenlicht über sie hinwegstreicht. An der Fußleiste lagern verschiedene Teile meiner Vergangenheit verborgen in Schuhkartons und zugeschnürten Plastiktüten. Das Fenster weist in eine andere Richtung als das oben in der Mansarde: Ich kann bis zu den Bäumen am Fluß sehen; nirgends versperren mir Gebäude den Blick.

Nun, bei dem Spaziergang begegnete ich einer Person, die ich schon seit einiger Zeit nicht mehr gesehen hatte.

»Oh«, sagte sie. »Hallo.«

Seltsam: Wie schnell man sich fremd werden kann …

»Hallo, Alex«, entgegnete ich.

»Verschaffst du dir ein wenig Bewegung?«

Ich lächelte. »Ja, ich glaube schon.« Plötzlich empfand ich so etwas wie Mitleid: Dort stand die unsichere Alex und wußte nicht, was sie sagen sollte. Sie war mir dankbar – und gleichzeitig fürchtete sie mich. »Komm«, sagte ich. »Ich schlage vor, wir trinken 'ne Coke oder so. Dann können wir uns unterhalten.«

»Worüber?« fragte Alex ein wenig zu schnell.

»Zum Beispiel darüber, womit du in der letzten Zeit beschäftigt gewesen bist. Wir haben uns lange nicht gesehen.«

Ein Hauch Erleichterung zeigte sich in Alex' Zügen. »Ja,

das würde mir gefallen. Steht drüben nicht ein Eiswagen auf dem Parkplatz?«

»Du meinst Jim? Ja, um diese Zeit ist er immer da.«

Ich kaufte zwei Coke-Dosen, und anschließend nahmen wir im Schatten der großen Buche Platz.

»Nun?« fragte ich.

»Ich weiß nicht.« Alex wirkte jetzt nicht mehr ganz so angespannt. »Ich schätze, wir ziehen bald um.«

»Schade. Wir werden dich vermissen.«

Alex lachte, aber es klang eher gezwungen. »Und ich euch. Aber der Rest wird mir kaum fehlen. Wenn man diesen Ort von außerhalb sieht, dann wird einem klar, wie klein, belanglos und banal er ist. Eigentlich verzichte ich gern darauf.«

Der gemeinsame Aufenthalt im Loch stand wie ein Phantom im Hintergrund des Gesprächs, und nicht ein einziges Wort blieb ohne seinen Einfluß. Es gibt kein Zurück mehr, sobald eine bestimmte Sache abgeschlossen ist.

Schon nach kurzer Zeit verabschiedeten wir uns und gingen mit dem Wissen auseinander, daß alle notwendigen Höflichkeitsfloskeln formuliert worden waren.

Ich zögerte und sah Alex nach, als sie über den Platz ging, vorbei an schwitzenden Müttern mit kleinen Kindern und dicken, kahlköpfigen Männern. Einige Sekunden lang wollte etwas in mir rufen: »Du verdankst mir dein Leben! Hast du mir nicht mehr zu sagen?«

Unmittelbar darauf spürte ich Verlegenheit und Scham.

»Wie spät ist es?« fragte Alex.

»Wird Zeit für Nachschub«, sagte Geoff. »Dies sind die letzten Tropfen, Leute. Genießt sie.«

»Und ob.« Mike lächelte fröhlich. Er fühlte sich sehr entspannt. Um ganz ehrlich zu sein: Er glaubte sich jenem Stadium nahe, das Geoff als ›dumm‹ bezeichnete. Manchmal drückte er sich folgendermaßen aus: »Bin ein bißchen dumm gewesen und vom Fahrrad gefallen.« Oder: »Bin

Liz *(Thora Birch)*, die Erzählerin von »The Hole«.

Mike *(Desmond Harrington)*

Geoff (*Laurence Fox)*

Frankie (*Keira Knightley*)

Martyn (*Daniel Brocklebank*)

Frankie, Liz, Mike und Geoff stehen vor dem Eingang ins Dunkel.

Mike und Geoff auf dem Weg zu ihrem ›Experiment‹.

Zwischen Martyn und Liz liegt etwas in der Luft.

Martyn schickt Liz in das Loch …

… und verschließt die schwere Eisentür.

Liz, Mike, Geoff und Frankie feiern eine wilde Party im Loch, ...

... doch die Stimmung schlägt bald um.

gestern nacht dumm gewesen und in Vernons Zimmer auf dem Fußboden eingeschlafen.« *Nun, es ist gar nicht so schlecht, dumm zu sein,* dachte Mike.

»Hältst du das für klug, Mikey?« fragte Alex. »Du hast bereits eine Menge intus.«

»Hört, hört, da erklingt die Stimme meines Gewissens«, sagte Mike. »Erstaunlich. Esch … es scheint eine vom Rest meines Ichs getrennte Entität zu sein. Gewissermaßen ein Exo-Gewissen.«

»Er redet in fremden Zungen«, meinte Frankie.

»Mike ist ein großer Junge«, warf Geoff ein. »Er kann auf sich aufpassen.«

»Wie spät ist es?« wiederholte Alex.

»Viertel vor sechs«, antwortete Geoff. »Oder fast neun, wenn man die Uhr dreht. Und wenn man sie *so* herum hält, dann kann man kaum noch was erkennen.«

»Martyn ist nicht pünktlich«, bemerkte Liz.

»Wer hat gesagt, daß er genau um fünf kommt?« fragte Mike. Die Frage, ob Martyn pünktlich war oder nicht, erschien ihm kaum wichtig. »Es müssen doch nicht genau drei Tage sein, oder? Früher oder später kommt er.« Nach einer kurzen Pause fügte er hinzu: »Früher oder später kommt bestimmt jemand.«

»Er hätte um fünf Uhr hier sein müssen«, sagte Alex. »Um fünf Uhr nachmittags sind wir eingetroffen.«

»Vielleicht trinkt er gerade Tee oder so«, spekulierte Frankie.

»Ja, genau«, pflichtete ihr Mike bei. »Teegebäck. Das könnte ich jetzt vertragen – etwas Teegebäck.«

»Ich schätze, dieser Wunsch muß unerfüllt bleiben«, sagte Geoff.

»Ich habe einige Schokoriegel und eine Tüte Spaghetti«, verkündete Alex. »Allerdings muß man heißes Wasser hinzufügen – den Spaghetti, meine ich.«

»Schon gut.« Mike winkte ab. »Schon gut.«

Und die Zeit verstrich.

Ich weiß nicht mehr, wer es zuerst laut aussprach. Uns allen ging der Gedanke durch den Kopf, aber jemand muß ihn als erster in Worte gefaßt haben. Vielleicht war es Alex. Legen wir die folgende Bemerkung ihr in den Mund.

»Er wird überhaupt nicht kommen«, sagte Alex. Es klang nach einer Feststellung.

Ja, vielleicht kleidete Alex unsere Besorgnis in ein verbales Gewand. Ganz plötzlich leistete uns die Gewißheit Gesellschaft, und wir mußten uns an ihre Präsenz gewöhnen. Trotzdem dauerte es eine Weile, bis eine Erkenntnis daraus reifte, die sich nicht nur auf die rationalen Aspekte unseres Selbst beschränkte. Zuerst begriffen wir nur, daß Martyn nicht pünktlich war. Viel weiter dachten wir nicht. Vielleicht rechneten wir damit, daß er am nächsten Tag käme. Ja, wir nahmen zunächst an, daß ihn irgend etwas daran gehindert hätte, die dreitägige Frist einzuhalten. Die Situation verlangte nur etwas Geduld, mehr nicht.

Dann begann der eine oder andere von uns zu ahnen, daß es sich dabei um das theatralische Element in Martyns Plan handeln mochte – um den Scherz oder Witz hinter der Sache mit dem Loch. Diese Überlegungen führten zu Genugtuung darüber, die eigentliche Absicht des ›Experiments mit dem wirklichen Leben‹ so mühelos durchschaut zu haben, und damit einher ging eine gewisse Zuversicht: Es kam jetzt nur noch darauf an, die ›dramatische Phase‹ durchzustehen.

Schließlich wurde es Zeit zu schlafen, und daraufhin legten wir uns hin. Der Schlaf ist etwas Sonderbares: Er reißt die inneren Barrieren ein und sorgt dafür, daß wir Furcht und Imagination wehrlos ausgeliefert sind. Wenn wir die Augen schließen, dann werden wir von Phantasiebildern heimgesucht, vor denen wir im wachen Zustand geschützt sind. Wir schliefen in jener Nacht, und der Schlaf brachte nicht nur andere Gewißheiten, sondern auch die primordiale Angst vor der Dunkelheit.

Ich erinnere mich nicht an meine Träume. Eigentlich ist das nur bei wenigen Leuten der Fall. Vielleicht bin ich im

Schlaf völlig unbekümmert gewesen – ich weiß es nicht. Ich erinnere mich jedoch daran, daß ich lange wach lag, und während dieser Zeit hörte ich in der Finsternis mehrmals Geräusche, die aus den Alpträumen meiner ruhenden Begleiter zu stammen schienen.

Kapitel Sechs

Ich beendete das Schreiben für diesen Nachmittag, verstaute die Notizhefte und schloß das Fenster. Draußen war es heiß und schwül. An einem solchen Tag badet man oder setzt sich in den Schatten, um kühle Getränke aus hohen Gläsern zu trinken. Oder man geht unter Bäumen spazieren. Der Sommer ist eine unwirkliche Zeit des Jahres, verbunden mit unseren von Büchern genährten Vorstellungen von England und gutem Wetter. Wenn er kommt, wenn der Sommer *tatsächlich* kommt, dann scheint das Triviale des alltäglichen Lebens im Hitzedunst zu verschwinden.

Ich drückte die Tür des Zimmers zu, in dem ich mich Erinnerungen an das Loch hingab, und trat dann auf die Zufahrt. Die Luft schien dichter zu sein als sonst, als ich fortging und das Haus hinter mir zurückließ. Ich folgte dem Verlauf der Straße, die an den Kastanien und Buchen vor unserer Schule vorbeiführt. Dort hielt sich jetzt natürlich niemand auf; die leeren, nach Kreidestaub und Sackleinwand riechenden Klassenzimmer ruhten in Stille.

Es war bereits fünf Uhr. Mike wartete schon, als ich den fünften Bogen erreichte, blickte aber in die falsche Richtung. Er trug eine alte Jacke, die ihm überhaupt nicht stand. Ich lächelte, als ich mich ihm von hinten näherte.

»Hallo«, sagte er und drehte sich um.

»Ich dachte, du hättest mich nicht gehört«, sagte ich. »Ebenfalls hallo.«

»Du siehst gut aus. Freut mich, dich zu sehen. Manchmal bedauere ich, nicht öfter mit dir zusammen zu sein.«

»Soll das heißen, du könntest mehr von mir ertragen?«

»Und ob. Wie kommst du mit dem Schreiben voran?«

»Langsam. Aber ich hoffe, noch im Sommer fertig zu werden.«

»Gut«, sagte Mike. »Ich weiß nicht, wie ich es nennen soll. Eine Geschichte? Das klingt zu harmlos. Eine Untersuchung von Martyns Psyche? Was hältst du von einem solchen Titel?«

»Nicht viel«, antwortete ich. »Schließlich geht es nicht nur um Martyn. Er ist nur ein Teil davon.«

»Der wichtigste.«

Ich lächelte. »Vielleicht. Nun, es sind auch andere Dinge geschehen.«

»Ja.«

Wir gingen am Schuppen des Platzwarts vorbei, passierten den Kricketpavillon und schritten zum Wald. Unterwegs stellte ich mir vor, allein zu sein und mich vom Loch zu entfernen, nachdem ich dort fünf Personen eingeschlossen hatte. Ich wußte, was passierte. Ich wußte genau, was den Leuten im Loch bevorstand. Was machte dieses Wissen aus mir? Einen Psychopathen? Dieses Wort genügt nicht, um Martyn zu beschreiben. Er war wie ein genialer Wissenschaftler, für den die normalen Angelegenheiten der Welt kaum eine Rolle spielen, der sich über eine Petrischale mit winzigen Geschöpfen beugt, die ihm nicht entkommen können: Er weiß, daß sie sterben werden, aber diesem Umstand mißt er keine nennenswerte Bedeutung bei. Es geht ihm nur darum, aus dem Muster des Todeskampfs etwas zu lernen. Immerhin sind es nur unwichtige kleine Wesen. Der Verlust von unwichtigen kleinen Wesen kann nicht sehr schwerwiegend sein – er ist nicht mit dem Tod einer Person zu vergleichen. Und für Martyn gab es nur eine einzige Person. Er war völlig allein in seinem Universum.

»Ich möchte nach Amerika«, sagte Mike. »Das wollte ich schon immer.«

»Kann ich mitkommen?« fragte ich.

»Ich habe gehofft, daß du mich begleitest.«

»Im Ernst? Du willst wirklich nach Amerika?«

»Ja. Und zwar bald. Vor dem Universitätsstudium. Wir könnten etwas Geld verdienen und herumziehen.«

»Und sonst?«

»Was weiß ich?« Mike seufzte. »Schreib alles auf, wenn du unbedingt mußt. Was mich betrifft ... Nicht alles verlangt nach einer Begründung.«

»Ich liebe dich wirklich, nicht wahr?« erwiderte ich.

»Kommst du mir jetzt auf die rhetorische Tour? Ich weiß nicht recht, ob es gut ist, von dir geliebt zu werden. Wenn ich daran denke, wie sehr du Martyn ähnelst.«

Daraufhin seufzte ich. »Ja. Eine interessante Sache, nicht wahr? Damit meine ich den Trick. Er beweist, welche Wirkung Worte entfalten können.«

»An der richtigen Stelle und zur richtigen Zeit«, bestätigte Mike. »Martyn wußte überhaupt nicht, wie ihm geschah. Er war völlig baff.«

»Er hätte mich durchschaut, wenn er sich seiner nicht so sicher gewesen wäre«, sagte ich.

»Wie bitte?«

»Wenn er auch nur für wenige Sekunden in Erwägung gezogen hätte, daß es seinem Plan an Perfektion mangelte, dann wäre er vielleicht imstande gewesen, den Bluff als solchen zu erkennen. Aber er glaubte viel zu fest daran, nichts übersehen zu haben. Und seine übertriebene Selbstsicherheit gab uns noch eine Chance.«

Mike lachte unsicher. »Eine gute Erklärung. Glaube ich.«

»Er hielt es nicht für möglich, daß wir zu einer Gefahr für ihn werden könnten. Ebensowenig fürchtet Gott, daß Menschen kommen, um ihn zu töten. Verzeih mir diesen Vergleich.«

»Ich habe zu viel gesehen, um irgendwelche Ansprüche in Hinsicht auf Gott zu erheben«, sagte Mike. »Vielleicht ist das Weisheit.«

»Genug zu wissen, um unschlüssig zu sein?«

»Nein. Ich meine ...«

»Ich weiß.«

»Und wo ist unser Halbgott jetzt?«

»Fort.«

»Hoffentlich für immer.«

»Da bin ich mir nicht so sicher«, wandte ich ein. Martyn verschwand bestimmt nicht einfach so.

»Glaubst du etwa, daß er zurückkehrt? Um sich zu rächen oder so?«

»Nein. Ich glaube, er ist fertig mit uns. Was jedoch nicht bedeutet, daß er sich für immer und ewig in Luft auflöst. Nein, ich vermute, irgendwann hat Martyn der Welt etwas mitzuteilen. Vielleicht in vierzig Jahren.«

»Wenigstens trennt uns jetzt eine sichere Entfernung von ihm«, sagte Mike.

»Ich weiß nicht, ob man in diesem Zusammenhang von Sicherheit sprechen darf. Götter sind unberechenbar.« Vorsichtig trat ich über eine aus dem Boden ragende Wurzel hinweg. »Eins steht fest: Ich bin entschlossen, nach ihm Ausschau zu halten, um mich nicht überraschen zu lassen. Das rate ich auch dir und den anderen.«

Wir erreichten den Rand des Waldes, wo Schatten und Sonnenschein miteinander wetteiferten. Insekten bildeten hier und dort kleine Wolken. Mike schob sich die Ärmel hoch.

»Mich besorgt vor allem, daß er von uns gelernt hat«, sagte er. »Beim nächsten Mal wird er einen derartigen Fehler vermeiden. Worin auch immer das ›nächste Mal‹ besteht.«

»Ja«, pflichtete ich ihm bei. »Daran habe ich auch schon gedacht. Aber was hätten wir sonst unternehmen sollen?«

»Warum haben wir ihn nicht angezeigt, damit sich die Polizei um ihn kümmert?« fragte Mike. »Er ist ein potentieller Mörder, oder?«

»Nein.« Ich lächelte, als ich an diesen ironischen Aspekt der Situation dachte. »Er ist nur ein Schüler, der jemandem einen dummen Streich spielte. Außerdem: Es kam niemand zu Schaden. Niemand starb. Ohne Leiche kein Mord. In diesem besonderen Fall laufen alle Leichen umher und wirken verdächtig lebendig.«

Mike setzte zu einer Erwiderung an, überlegte es sich dann aber anders und schwieg zunächst. »Ja«, sagte er nach einer Weile. »Darauf liefe es hinaus.« Und nach einer kurzen Pause: »Aber er ist wahnsinnig, Liz. Das muß man doch erkennen können, oder?«

Ich sah Mike an, umgeben von der summenden Wärme des Waldes. »Wir haben seinen Wahnsinn nicht erkannt«, erinnerte ich ihn. »Niemand sonst ist imstande, Martyn aus unserem Blickwinkel zu sehen. Man muß im Loch gewesen sein, um über seine wahre Natur Bescheid zu wissen. Für alle anderen ist er ein ganz normaler junger Mann. Ein intelligenter, freundlicher und charismatischer Bursche, der sich zufälligerweise für Gott hält und glaubt, mit anderen Menschen ganz nach Belieben verfahren zu dürfen.«

»Die ganze Sache ist ein Alptraum«, sagte Mike dumpf.

»Er wäre in der Lage gewesen, Großartiges zu vollbringen«, überlegte ich laut. »Diese Möglichkeit hat er noch immer. Weißt du, was Carter in der Rubrik *Bemerkungen* auf sein letztes Zeugnis geschrieben hat? ›Ich bin sicher, daß Martyn seine vielen Talente voll nutzen und es dadurch weit bringen wird.‹« Ich lachte leise. »Glaubst du, Hitler hat solche Zeugnisse bekommen?«

»Das ist nicht komisch«, sagte Mike.

»Ich weiß. Deshalb lache ich ja. Zum Teufel auch – wir sollten das alles nicht *zu* ernst nehmen, in Ordnung?«

Einige Sekunden lang starrte mich Mike stumm an. Dann grinste er plötzlich.

»Du bist verrückt.« Er beugte sich vor und küßte mich. Ich schlang die Arme um ihn, grub die Hände in den Stoff seiner Jacke und ballte sie zu Fäusten. Eine Zeitlang drückte ich mich fest an ihn.

Schweigend gingen wir weiter und überquerten den Fluß dort, wo er an den Bäumen vorbeiplätschert. Kurz darauf gelangten wir zum Fußweg, der in Richtung Hauptstraße führt. Hinter uns ragte einer der beiden grauen Türme unserer Schule über die sommerlich grünen Baumwipfel hinweg. Wir wanderten durch den Ort und näherten uns dem *Horseman*, wo bereits die ersten

Gäste dieses Abends an den Biergartentischen Platz nahmen.

»Was möchtest du?« fragte Mike im Lokal.

»Irgend etwas. Ich habe keine besonderen Wünsche.«

Er bestellte ein Bier und einen Orangensaft, und der Kellner servierte die Getränke falsch. Wir tauschten die Gläser und gingen nach draußen.

»Auf den Mörder und die Leichen«, sagte Mike. Dann saßen wir im langsam verblassenden Sonnenschein und tranken stumm.

Mike glaubte, unter einem schweren Gewicht zu ersticken. Die Last wich erst von ihm, als er sich aufsetzte und nach Luft schnappte. Die letzten Schreckensbilder des Alptraums verflüchtigten sich, und er hockte in der dunklen Stille des Lochs. Vage Eindrücke des Traums verharrten in entlegenen Winkeln seines Bewußtseins, aber er versuchte vergeblich, sie ins Zentrum seiner Wahrnehmung zu ziehen. Allmählich beruhigte er sich.

Dies mußte der vierte Tag sein. Jener Tag, den niemand von ihnen erwartet hatte. Mike lächelte schief in der Finsternis – typisch von Martyn, ihnen einen solchen Streich zu spielen. Das Lächeln verblaßte, als sich die Benommenheit des Schlafs langsam auflöste und ihm die Erkenntnis bescherte, daß er sich schlecht fühlte. Plötzlich stellte er sich vor, im Loch zu erkranken, ohne ärztliche Hilfe in Anspruch nehmen zu können; er dachte daran, daß sich Martyns dummer Scherz in bitteren Ernst verwandelte. Dann fiel ihm die Party am vergangenen Tag ein. Er hatte zu viel Wodka getrunken und litt nun an einem ausgewachsenen Kater. Ein Teil der Unruhe wich von ihm.

Nach einer Weile fragte er sich, ob es draußen Nacht oder Tag war. Er hob den Kopf, sah zum ›Himmel‹ des Lochs empor und suchte nach dem von Liz entdeckten kleinen grauen Stern. Der Fleck zeigte sich dort, wo er ihn beim letzten Mal gesehen hatte. Mike bedauerte, daß der Stern nicht heller leuchtete. Aber das war kaum möglich:

Die Tür zum Loch befand sich am Ende eines kurzen Korridors, konnte also nie direkt vom Sonnenschein berührt werden.

»Mike?« erklang Geoffs Stimme.

»Ja?«

»Wie spät ist es? Sollten wir schon aufstehen?«

»Keine Ahnung. Draußen hat der Tag begonnen.«

»Mist.« Eine kurze Pause, gefolgt von Geräuschen, die folgende Botschaft vermittelten: Geoff drehte sich in seinem Schlafsack. »Ich schlage vor, wir schalten das Licht ein.«

»Einverstanden.«

Schlagartig ersetzte grelles Licht die Dunkelheit, und Mike zuckte unwillkürlich zusammen. Das regelmäßige Pochen von Kopfschmerzen führte im Nacken zu einem sehr unangenehmen Druck.

»Mann, du siehst schrecklich aus«, sagte Geoff.

»Und ich fühle mich kaum besser.«

»Trink etwas Wasser.«

Alex stemmte sich hoch. »Was ist los?«

»Zeit zum Aufstehen«, meinte Geoff. »Zumindest fast. Die Uhr zeigt halb acht.«

»Wir sind noch immer hier«, murmelte Frankie. »Ich habe gehofft, daß ich in meinem Bett erwache und sich alles als übler Traum erweist.«

»Von wegen«, brummte Geoff. »Im Ernst, Mike – du solltest Wasser trinken. Dann geht's dir besser.«

»Vielleicht hast du recht.« Mike erhob sich und wankte um die Ecke zur Toilette. Dort drehte er den Wasserhahn auf, wölbte die Hände darunter und wusch sich Hals und Gesicht, bevor er gierig trank. Das Wasser war kalt und hatte einen metallischen Geschmack. Ein rhythmisches Pochen weckte seine Aufmerksamkeit: Es stammte aus dem Gitter im Boden, wies auf den Abfluß in der Tiefe hin. Nach einigen Sekunden richtete er sich auf und kehrte in den anderen Raum zurück, wo inzwischen alle wach waren und aufrecht saßen. Erste Gespräche begannen, und natürlich ging es um Martyn.

»Das ist doch absurd«, sagte Frankie. »Ich habe bessere Dinge zu tun, als hier herumzusitzen. Und bestimmt sind meine Eltern verdammt sauer, wenn ich nicht bald zurückkomme.«

»Vor der nächsten Woche erwarten sie dich überhaupt nicht«, wandte Geoff ein.

Frankie klappte verdutzt den Mund zu. »Das hatte ich ganz vergessen«, erwiderte sie.

»Wo bleibt er?« fragte Alex. »Meiner Meinung nach geht er zu weit. Bisher war alles ganz nett, aber jetzt wird die Sache kindisch.«

»Wahrscheinlich will er nur feststellen, wie wir reagieren«, vermutete Geoff. »Das gehört zum Experiment. Ich nehme an, wir erörtern das alles bei der ... Wie hat er's genannt?«

»Auswertung«, warf Alex ein. »Nach den drei Tagen hier drin sollten unsere Erlebnisse ausgewertet werden.«

»Mike ist heute morgen richtig hübsch«, meinte Frankie. »Das fällt mir erst jetzt auf. Was für ein Anblick!«

»Herzlichen Dank«, entgegnete Mike. »Dadurch fühle ich mich gleich besser.«

»Ist alles in Ordnung mit dir?« fragte Liz. Nicht ohne eine gewisse Zufriedenheit hörte Mike echte Besorgnis in ihrer Stimme.

»Zu viel von Geoffs Wodka«, erklärte er. »Ich werd's überleben.«

»Hier, vielleicht hilft dir das – Aspirin.«

Mike wölbte eine Braue und nahm die Packung entgegen. »Woher hast du die Tabletten?«

»Oh.« Liz hob und senkte die Schultern. »Ich dachte, sie könnten vielleicht nützlich sein.«

»Enthält dein Rucksack vielleicht auch eine vier Meter lange Strickleiter und ein Brecheisen?« fragte Geoff. »Wenn das der Fall ist, so solltest du besser nicht warten, bis jemand darum bittet. Solche Gegenstände könnten wir jetzt gut gebrauchen.« Niemand lachte.

Eine Zeitlang herrschte Stille.

»Ich hab's!« stieß Alex plötzlich hervor. Die anderen starrten sie groß an. »Ich weiß jetzt, warum Martyn noch nicht gekommen ist«, erklärte sie. »Es liegt auf der Hand. Ich meine, wir sind uns doch einig: Martyn kann wohl kaum so dumm sein, uns hier drin eingesperrt zu lassen. Das entspricht nicht seinem Stil. Solche Spielchen treiben sechsjährige Kinder – sie schließen jemanden im Wandschrank ein und lassen ihn nicht mehr heraus. Habe ich recht?«

»Ja«, sagte Geoff vorsichtig. »Und?«

»Woraus bestand die ursprüngliche Idee?« fuhr Alex fort. »Wir sollten drei Tage hier drin hocken und den Rest der Woche bei Martyn verbringen, um über alles zu reden. Darüber, wie wir uns besser kennengelernt haben und so. Es hieß, in seinem Haus seien wir vor Entdeckung geschützt, bis die Klasse vom Ausflug zum Peak District zurückkehrt. Aber was passiert, wenn er uns aus irgendeinem Grund nicht bei sich zu Hause unterbringen kann? Vielleicht kam ein Freund zu Besuch. Mehr steckt wahrscheinlich nicht dahinter. Er wartet nur, bis die Luft rein ist.«

Geoff dachte darüber nach. »Klingt logisch. Ja, das könnte tatsächlich der Grund sein. Es fällt mir schwer zu glauben, daß sich Martyn einen blöden Scherz erlaubt und uns hier drin versauern läßt.«

»Seine Scherze sind nie blöd gewesen«, sagte Frankie.

»Wie dem auch sei.« Mike seufzte. »Wir brauchen uns nur ein wenig in Geduld zu fassen.«

»Etwas anderes bleibt uns gar nicht übrig«, fügte Alex hinzu. »Ich habe Hunger. Wie sieht's mit dem Proviant aus?«

Sie holten die noch zur Verfügung stehenden Lebensmittel hervor.

»Zum Glück ist allgemein bekannt, wieviel Mike ißt«, verkündete Frankie fröhlich. »Deshalb habe ich zusätzliche Sachen mitgebracht – damit niemand fasten muß.«

»Hinter diesem Argument verbirgt sich offenbar eine

ganz besondere Art von Logik«, kommentierte Mike. Vielleicht lag's am Aspirin: Die Kopfschmerzen ließen nach, und er fühlte sich viel besser.

»Für ein richtiges Frühstück eignet sich das hier nicht«, sagte Alex. »Aber das scheint Lasagne zu sein. Man braucht nur den Beutel zu erwärmen. Was haltet ihr davon? Mike?«

»Ich schätze, mein Magen ist noch nicht bereit, Nahrung aufzunehmen.«

»Dann sind unsere Portionen um so größer.«

»Wäre es nicht klüger, etwas aufzubewahren?« fragte Liz. »Falls Martyn bis zum Mittag noch immer keine Gelegenheit gefunden hat, die Tür aufzuschließen.«

Geoff winkte ab. »Was hat eine Mahlzeit schon zu bedeuten? Wenn das Mittagessen ausfällt, genehmigen wir uns eben ein besonders üppiges Abendessen.«

»Unter normalen Umständen wäre das durchaus möglich.« Unbehagen zeichnete sich in Liz' Zügen ab. »Aber vielleicht kommt er auch nicht bis zum Abend.«

»Worauf willst du hinaus?«

»Nur auf folgendes: Wir haben keine Ahnung, wann wir das Loch verlassen können. Deshalb sollten wir nichts überstürzen. Vielleicht muß der Rest unseres Proviants länger reichen, als wir glauben.«

Geoff zuckte mit den Schultern. »Bestimmt dauert's nicht mehr lange, bis sich der Schlüssel im Schloß dreht. Na los, es sind noch zwei Würstchen da.«

Es war Samstagabend kurz nach sieben, nach dem Eintreffen der ersten Leute. Alle waren da. Du kennst sie ja: Jill, Alex und die Typen vom zweiten Bogen. Wir standen herum, weil kaum jemand tanzte. Ja, an der Theke standen wir, tranken und lachten viel. Ich bin damals mit Natasha und einigen Freundinnen von ihr losgezogen. Dauernd erzählte sie von London, von den Partys und Clubs und so. Mir gefiel's – weil ich neu war, weil ich solche Gesellschaft als angenehm empfand. Und weil mich Natasha mochte. Flying Angels für Lisa und mich, sagte sie zu dem

Mann an der Bar. »Du mußt gewisse Personen kennenlernen«, teilte sie mir mit. »Sie alle kommen heute abend, zumindest die wichtigen Leute.«

»Wer ist wichtig?« fragte ich, und daraufhin nannte Natasha viele Namen. Ich erinnere mich nicht an alle. Dann meinte sie: »Vielleicht kommt auch Martyn.« Von ihm hatte ich natürlich schon gehört, war ihm aber noch nie begegnet. Er besuchte solche Veranstaltungen nicht häufig, nur dann, wenn ihm der Sinn danach stand. Wie ich ihn mir vorstellte? Groß, elegant, mit dunklen Augen und einem arroganten Lächeln.

Nach einer Weile wandten wir uns von der Theke ab und gingen zur Band. Dort trafen wir Vernon.

»He, wer ist das?« fragte er. »Wenn ich vorstellen darf – Lisa«, erwiderte Natasha. »Meine neueste Entdeckung. Sympathisch und nett.« – »Hallo, Lisa«, sagte Vernon. Machte einen Heidenaufstand, der Typ, küßte mir die Hand und so. »Herzlichen Glückwunsch zu deiner Entdeckung.« – »Danke«, sagte ich. An solche Dinge war ich überhaupt nicht gewöhnt. Ich versuchte, ebenfalls zu scherzen, aber das fiel mir schwer; manchmal bereitete es mir Mühe zu verstehen, worum es ging. Außerdem: Die anderen Leute merken, wenn man versucht, sich ihnen anzupassen, Teil ihrer Gruppe zu werden. Nun, irgendwann kam jemand, der genauso verloren wirkte, wie ich mich fühlte. Eine Zeitlang hielt er sich abseits, kam dann näher und nahm neben mir Platz. Ich stand noch immer, und als er zu mir aufsah, schien er plötzlich zu erstarren. Er rührte sich nicht mehr von der Stelle und gab keinen Ton von sich. Als sei ich ihm entweder vertraut oder aber völlig fremd. Und dann sagte Vernon: »Hallo, Martyn.«

»Das ist Lisa«, wandte sich Natasha an ihn. »Lisa, das ist Martyn, unser Irrer.« Und Vernon fügte hinzu: »Martyn ist der verrückteste Verrückte, den du dir nur vorstellen kannst.« Diese Bemerkung schienen alle recht lustig zu finden. Offenbar sah man mir meine Verblüffung an, denn er lächelte plötzlich. Martyn, meine ich. Er lächelte plötzlich und sagte: »Am Wochenende versuche ich immer, vernünftig zu sein.« Aber ich sah etwas Nachdenkliches in seinen Augen, und sein Blick blieb sonderbar.

Ich glaubte, seine Worte seien scherzhaft gemeint, und deshalb lachte ich. Dies ist er also, dachte ich dabei. Sieht gar nicht so aus, wie ich ihn mir vorgestellt habe.

Einer der anderen Jungen schlug vor: »He, laßt uns zur Theke zurückkehren.« Einige von ihnen zogen los und gingen über die Tanzfläche.

»Nun«, sagte Martyn, »ein neues Gesicht in der Londoner Meute ist uns immer willkommen.«

»Gefällt dir so etwas?« fragte ich, und er antwortete: »Hängt davon ab, worauf ich gerade stehe.« Ich dachte, daß wir über die Party sprachen, und deshalb entgegnete ich: »Normalerweise mag ich keine so großen Feten.«

»Warum bist du dann hier?« fragte Martyn sofort. »Weil Natasha meinte, ich sollte unbedingt mitkommen«, erwiderte ich. Es klang töricht, und ich lachte. Er schmunzelte ein wenig.

»Man sollte sich niemals so verhalten, wie es andere Leute von einem erwarten«, erklärte er mit gespieltem Ernst. »Stereotypes oder klischeehaftes Gebaren legt dem eigenen Stil Fesseln an.« Natasha winkte mir von der anderen Seite des Raums her zu, und deshalb sagte ich: »Ich schätze, wir sehen uns jetzt häufiger.«

»Ja«, entgegnete er. »Viel Spaß.« Und als ich gehen wollte, fügte er hinzu: »Ich würde gern mit dir reden. Wenn wir mehr Zeit haben. Du erinnerst mich an jemanden, den ich einmal kannte.« Ich nickte, ging weg und fühlte mich gut. Gerade hatte ich jenen Jungen kennengelernt, der in der Schule das höchste Ansehen genoß – und er wollte mit mir sprechen. Nun, ich fand großen Gefallen an dem Abend, denn plötzlich kam ich mir nicht mehr wie einer von Natashas Satelliten vor. Martyns Aufmerksamkeit mir gegenüber verwandelte mich in eine richtige Person.

Ich betätigte die Stop-Taste des Recorders und lehnte mich zurück. Die Frage lautet: Wäre es möglich gewesen, auf eine andere Weise zu reagieren? Ich glaube nicht. Martyn hatte – hat – unglaubliches Charisma.

Es sind vor allem die Erinnerungen an mein Handeln, die mich belasten und sogar erschrecken. Wenn ich Lisas

Stimme lausche, die das dünne Magnetband vor langer Zeit einfing und festhielt, dann wird mir auf erbarmungslose Weise klar, daß ich mich nicht entschuldigen kann, daß ich nicht in der Lage bin, irgend etwas ungeschehen zu machen. Diese Erkenntnis schmerzt. Sie schmerzt noch immer.

Kapitel Sieben

Der Mittag kam. Mike hatte selbst das von den anderen eingenommene klägliche Frühstück verpaßt und wurde immer hungriger.

»Ich bin nicht sicher …«, begann Alex.

»Was?«

»Nun, ich bin nicht sicher, ob es klug ist, alles zu verspeisen. Vielleicht sollten wir etwas aufsparen, für den Nachmittag.«

»Was ist übrig?« fragte Mike. »Lieber Himmel, ich habe *Hunger.*«

»Du wirst lernen müssen, mit der gleichen Menge an Essen auszukommen wie wir«, meinte Frankie. »Ich lasse nicht zu, daß jemand auch einen Teil meiner Portion vertilgt.«

»Keine Sorge«, entgegnete Alex rasch. »Es wird alles gerecht aufgeteilt.« Sie sortierte den kleinen Haufen aus übriggebliebenen Lebensmitteln. »Mehr ist nicht da.«

»Langsam geht mir die Sache auf den Geist«, brummte Geoff. »Das ist nicht mehr lustig. Ich weiß nicht, wie ihr die Sache seht, aber ich langweile mich hier zu Tode.«

»Das wissen wir«, erwiderte Frankie. »Du hast bereits darauf hingewiesen. Allerdings macht's kaum einen Unterschied, oder? Ob du dich langweilst oder nicht – auf unsere Situation bleibt das ohne Einfluß.«

Mike holte alles Eßbare aus seinem Rucksack und legte es vor sich auf den Boden. Die anderen folgten seinem Beispiel.

»Nicht gerade viel, wie?« fragte Alex leise.

»Wir müssen uns mit jeweils kleinen Happen begnügen«, sagte Frankie.

Sie bereiteten winzige Portionen zu und aßen nachdenklich.

»Bei einem echten Notfall wäre dies eine interessante Situation«, meinte Geoff. »Stellt euch vor, mitten in der Wüste oder auf einer Insel zu sein, fast ohne Nahrung. Was würdet ihr unternehmen?«

»Zum Glück sind wir hier nicht auf einer Insel«, ließ sich Alex vernehmen.

»Wenn wir auf einer Insel wären ...« Mike überlegte. »Man könnte Fische fangen und sie mittags in Wasser aus Süßwassertümpeln garen. Oder man brät sie auf heißen Steinen, die man in ein Lagerfeuer gelegt hat«

»Hör auf«, sagte Frankie. »Sprich nicht übers Essen.«

»Ja, Mikey«, fügte Alex hinzu.

»Entschuldigt.«

»So was kommt jetzt nicht so gut.«

»Schon gut, schon gut.«

Der Nachmittag begann, und eine Zeitlang schwieg die Gruppe. Mike lag auf dem Rücken, hatte die Hände hinter den Kopf gelegt, blickte zur hohen Tür empor und fragte sich, was jenseits davon geschah. Vor dem inneren Auge sah er, wie sich der große Busch am Ende der Treppe im Wind bewegte; vielleicht schien die Sonne über den leeren Kricketplätzen und abgewetzten Steinplatten des Hofes. Die Schatten der Steinbögen wanderten langsam über die Pfade und Rasenflächen vor dem Englisch-Block und wuchsen in die Länge, während der Nachmittag allmählich in den Abend überging.

Mike dachte auch an den Ausflug zum Peak District. Noch drei Tage bis zur Rückkehr der Klasse. Er senkte den Blick und musterte seine Gefährten im Loch. Liz hielt die leere Limonadenflasche in der Hand und betastete den Verschluß. Ein Schatten von Sorge huschte über ihre Züge. Der Verschluß löste sich, sie schraubte ihn wieder fest und stellte die Flasche anschließend beiseite. Einige Sekunden später sah sie auf, spürte Mikes Aufmerksamkeit und lächelte, bevor sie nach einem ihrer Notizhefte griff und darin blätterte. Was sie wohl notierte?

Martyn unterliefen keine Fehler. Der Gedanke formte

sich ganz plötzlich hinter Mikes Stirn, kam aus dem Nichts. Er befaßte sich damit. Bei den bisher von Martyn geplanten ›Abenteuern‹ war es nicht zu einem derartigen Schlamassel gekommen. Ganz im Gegenteil: Die entsprechenden Pläne liefen wie am Schnürchen, wie das Ticken einer Zeitbombe: Niemand bemerkt etwas; niemand schöpft Verdacht – bis zur Explosion. Die von Martyn getroffenen Vorbereitungen ließen einfach keinen Platz für Fehler irgendwelcher Art.

Es war kein angenehmer Gedanke, und Mike hatte es fast geschafft, ihn zu verdrängen und zu vergessen – als ihm plötzlich etwas anderes einfiel. Wenn kein Fehler dahintersteckte, dann gab es nur noch zwei andere Erklärungen: Absicht; oder ein Unfall, dem Martyn zum Opfer gefallen sein mochte. Diese Überlegungen ließen ihn innerlich schaudern, und zum erstenmal wurde ihm klar, daß Martyn jetzt ihnen gegenüber fast die Allmacht eines Gottes besaß.

Vor der Biegung an der großen Wiese schwillt der Fluß an, wird sanft und träge. Das Wasser dort ist sehr tief; Segge und Schilf wachsen an den Ufern. An dieser Stelle schwamm ich, als die drückende Hitze mit dem Beginn der Abenddämmerung nachließ.

Wenn man taucht, so gleitet man Dunkelheit entgegen. Die langen Arme von Wasserpflanzen neigen sich langsam in der Strömung hin und her, tasten nach Armen und Beinen. Ich hielt den Atem an, und einige kräftige Schwimmzüge brachten mich zum Wald unter Wasser. Unser Fluß ist viel zu alt, um gefährlich zu sein; er packt keine Schwimmer, um sie zum Meer zu tragen. Etwas weiter stromabwärts, bei der Furt, treffen sich die jungen Mütter, und ihre kleinen Kinder planschen dort, wo seichtes Wasser langsam über den Kies fließt. Doch hier besteht der Grund noch immer aus Schlamm, und die Wasserpflanzen bilden ein dichtes Gewirr. Ich stelle mir gern vor, die Strömung sei trügerisch und gefährlich.

Nach einer Weile tauchte ich wieder auf und kehrte in aller Ruhe zum Ufer zurück. Ich sah mich um und beobachtete einen Himmel, dessen Ränder fast transparent wirkten – grünweißer Dunst schien alles zu säumen. Wenn man von der Mitte des Flusses nach oben blickt, so präsentiert sich einem nur der Himmel, nichts anderes. Bleiben dabei die Ohren unter Wasser und sind keine Vögel in Sicht – dann scheint nur das Firmament zu existieren. Ich drehte mich im Wasser und schwamm schräg zum Ufer, um dorthin zurückzukehren, woher ich kam – die Strömung hatte mich flußabwärts getragen. Es war Sommer, und ich wußte: Im Sommer bleiben die Zähne eines jeden Flusses stumpf. Doch wenn die lange Trockenzeit zu Ende ging, wenn die Unwetter begannen – dann wagte es gewiß niemand, hier zu schwimmen. Es sei denn, man hatte den Verstand oder die Lust am Leben verloren.

Ich kletterte ans recht steile Ufer und spürte, wie das Wasser an mir herabrann. Die Luft brachte sofortige Kühle; ich genoß sie und wartete einige Sekunden, bevor ich nach dem Handtuch griff. Zu Hause, nur zehn Gehminuten entfernt, gab es heißen Tee. Ich lächelte und trocknete mich rasch ab, um dann Jeans und Sweatshirt überzustreifen. Die Sachen waren feucht, was dem Heimweg einen unangenehmen Aspekt hinzufügte. Aber es spielte keine große Rolle.

»Martyn macht keine Fehler«, sagte Mike noch einmal. »Woraus folgt: Entweder ist ihm etwas zugestoßen – oder er läßt uns mit Absicht hier schmoren.«

»Was könnte ihm zugestoßen sein?«

»Keine Ahnung. Vielleicht hat er sich ein Bein gebrochen und liegt im Krankenhaus. Möglicherweise bleibt er wochenlang fort.«

»Aber ...«, begann Alex und unterbrach sich gleich wieder.

»Glaubst du vielleicht, Martyn sei gegen so etwas von Natur aus immun?« fragte Geoff. Er sprach in einem scharfen Tonfall. »Von wegen. Unfälle können bei ihm genauso passieren wie bei allen anderen. Davor ist er ebensowenig geschützt wie sonst jemand.« Er schlug mit der flachen Hand auf den Boden. »Verdammter Mist! Und niemand weiß, daß wir hier sind.«

»Was machen wir jetzt?« erkundigte sich Frankie.

»Vielleicht kam es gar nicht zu einem Unfall«, sagte Mike. »Vielleicht trifft die zweite Erklärung zu.«

»Absicht?« Alex sah ihn groß an. »Inwiefern?«

»Nun, vielleicht gehört das zu seinem Experiment. Ich weiß, daß es nicht sehr wahrscheinlich ist«, fügte Mike rasch hinzu. »Aber es läßt sich kaum ausschließen.«

»Warum sollte uns Martyn hier mit Absicht festhalten wollen?« fragte Frankie.

»Und wenn's ihm nur darum geht, uns einen gehörigen Schrecken einzujagen?« spekulierte Geoff.

»Das ist ihm gelungen«, stellte Alex fest.

»Ich bitte dich.«

Alex runzelte die Stirn. »Im Ernst. Ich finde es nicht mehr komisch. Eigentlich war's nicht einmal zu Anfang lustig.«

»Wir sind also alle der Ansicht, daß uns Martyn mit Absicht hängenläßt?« vergewisserte sich Frankie.

»Ich will's stark hoffen«, stieß Geoff hervor.

»Wieso? Gefällt dir diese Angelegenheit etwa?«

Geoff schüttelte den Kopf. »Bist du noch immer nicht dahintergekommen?« Stille schloß sich an – alle warteten auf eine Erläuterung von ihm. »Wenn wir unsere Situation Absicht verdanken, wenn Martyn diese Sache für einen köstlichen Witz hält, dann nimmt alles ein gutes Ende. Irgendwann. Aber wenn er von einem Bus überfahren wurde oder von einer hohen Klippe gestürzt ist, dann sitzen wir ganz tief in der Tinte.« Geoff legte eine kurze Pause ein und holte Luft. »Wie ich eben schon sagte: Niemand weiß, daß wir hier sind.«

Frankies Mund stand offen. »*Vorhin* hast du noch gesagt, daß es bestimmt nicht mehr lange dauert, bis sich der Schlüssel im Schloß dreht.«

»Nun, jetzt sieht's anders aus, nicht wahr?«

»Was soll das alles bedeuten?« warf Alex ein. »Glaubt ihr vielleicht, Martyn sei tot? Das erscheint mir extrem unwahrscheinlich.«

»Aber wir wissen es nicht genau, oder?« erwiderte Geoff schonungslos. Er strich sich mit der Hand über die Augen. »Wir wissen nicht, was da draußen geschieht. Vielleicht ist die ganze Welt untergegangen, ohne daß wir's gemerkt haben.«

»So ein Un ...« Alex bekam keine Gelegenheit, das dritte Wort zu vollenden.

»Unsinn?« zischte Geoff. »Hältst du's für übertrieben? Nun, damit hast du sicher recht. Aber jetzt dürftest du begriffen haben, was ich meine. Wenn Martyn aus irgendeinem Grund keine Möglichkeit hat, uns hier herauszuholen – wie sollen wir dann das Loch je verlassen?«

Ihre Blicke glitten zur Tür empor, die verschlossen blieb, von der Außenwelt vergessen.

Und so dachte ich: Na, versuch's mal, geh ruhig mit ihm; sammle neue Erfahrungen. Ja, ich war aufgeregt. Und ja, ich hielt ihn für sehr interessant – vielleicht auch deshalb, weil ich einen Hauch Gefahr um ihn spürte.

In gewisser Weise erging's mir wie den Mädchen, die wir alle aus den Filmen der sechziger Jahre kennen: Sie lassen sich mit Rockern ein, weil jene Burschen einfach interessanter sind als die ›normalen‹ Jungen. Ich empfand es als ... Mir fehlt das richtige Wort. Erregend. Ja, so könnte man es vielleicht nennen. Ich erlebte etwas Einzigartiges. Und ich wurde davon regelrecht mitgerissen, bevor ich noch richtig begriff, was mit mir geschah. Nun, vielleicht gehörte das dazu. Vielleicht ergab sich dadurch ein zusätzlicher Reiz: Ich wußte, daß etwas passierte, aber ich ließ mich im Ereignisstrom treiben. Möglicherweise hielt ich alles für ein Spiel. Die ganze Zeit über versuchte ich, mehr über den sonderbaren Jungen herauszufinden, den alle für so wichtig hielten.

Nun, zu Anfang fiel mir kaum etwas auf, aber später, als ich ihn besser kennenlernte, entdeckte ich das eine oder andere seltsame Verhaltensmuster. Wenn andere Leute nicht zuhörten, sprach er manchmal von Dingen, die mir unverständlich erschienen. Und gelegentlich erstarrte er. Ganz gleich, womit er zum betreffenden Zeitpunkt beschäftigt war: Er hörte einfach auf und rührte sich nicht mehr. Meistens dauerten solche Phasen nicht mehr als eine halbe Sekunde, und man bemerkte sie nur, wenn man ihn beobachtete. Aber sie konnten auch mehr Zeit in Anspruch nehmen. Er wirkte dann wie jemand, der aus den Augenwinkeln etwas gesehen hatte und aufmerksam Ausschau hielt. Mit einem Unterschied: Bei ihm kehrte sich der Blick nach innen. Ich glaube, bei solchen Gelegenheiten kamen ihm die Ideen für seine Streiche.

Das alles war wie die Schlagsahne zum Eis, wenn du verstehst, was ich meine. Eine Zugabe, ein zusätzliches Etwas, das Martyn aus der Menge der anderen Jungen heraushob. Gleichzeitig wurde er zu einer ›Figur‹: Er hatte mehr an sich, und dadurch brauchte man weniger, um ihn zu beschreiben. Man nenne die wichtigsten Eigenschaften, und schon ist alles klar. Dann sagen die Leute: »O ja, den kenne ich.« Obwohl sie ihm vielleicht noch nie begegnet sind. Es ist wie mit den Leuten in den Zeitungen.

Meine Bekannten freuten sich für mich, und deshalb schien alles in Ordnung zu sein. Obwohl sich gelegentlich Unbehagen in mir regte.

Einige Male gingen wir aus, wie ein ganz gewöhnliches Paar.

Der Nachmittag verstrich langsam. Mehrere Stunden starrten die Bewohner des Lochs zu Boden, an die Wände oder auf den eigenen Rucksack. Sie gaben sich große Mühe, den Blick der anderen zu meiden. Eine unangenehme Art von Spannung entstand im Keller. Mitten im Zimmer lag ein geradezu lächerlich kleiner Haufen aus Lebensmitteln: einige Konserven, Päckchen und Tüten, ab und zu von Schatten berührt, wenn sich Sitzende bewegten.

»Wir sollten um Hilfe rufen«, schlug Alex vor. Mike sah sie kurz an, dankbar dafür, daß jemand die gräßliche Stille beendet hatte. »Und zwar alle zusammen. Vielleicht hört uns jemand.«

Die anderen dachten darüber nach. »Es ist einen Versuch wert«, meinte Frankie. »Bei drei rufen alle *Hilfe.* Eins, zwei, drei ...«

Sie riefen. Zumindest drei von ihnen. Geoff und Liz schwiegen und hoben nicht einmal den Kopf.

»Kommt schon«, sagte Alex verärgert. »Ihr könntet uns ruhig helfen.«

»Glaubst du wirklich, das hätte einen Sinn?« erwiderte Geoff. »Wir sind hier in einem *Keller,* verdammt! Wer sollte uns hören?«

»Vielleicht ist ein Gärtner oder so in der Nähe«, antwortete Frankie.

Geoff seufzte. »Na schön. Schreit nur. Aber erwartet nicht von mir, daß ich meinen Atem vergeude.«

»Ach, halt die Klappe!« rutschte es Alex mit einer für sie ganz und gar nicht typischen Vehemenz heraus. »Wir *tun* wenigstens etwas. Du sitzt einfach nur da und starrst Löcher in die Luft. Es scheint dir völlig gleich zu sein, ob wir hier herauskommen oder nicht.«

Geoff sah abrupt auf. »Meine Güte, eine solche Gleichgültigkeit wäre ziemlich blöd, nicht wahr? Ich wünsche mir ebensosehr wie du, das Loch zu verlassen.« Er hob die Stimme, in der Zorn vibrierte. »Aber du scheinst nicht kapieren zu wollen oder zu können, daß wir hier völlig hilflos sind. Oder?«

Diesen Worten folgte ein Schweigen, das von Verzweiflung kündete. »Oder?« wiederholte Geoff, und diesmal klang es fast wie eine Herausforderung.

»Vielleicht sind wir hier tatsächlich hilflos«, sagte Frankie nach einer Weile. »Vielleicht sitzen wir hier fest. Aber wir geben wenigstens nicht auf.«

Mike glaubte, ein leises Zittern in Frankies Stimme zu hören und Tränen in ihren Augen zu sehen.

»Wundervoll«, schnaufte Geoff. »Wir geben also nicht auf. Dann ist ja alles bestens.«

Mike rieb sich das Kinn. Tief in seinem Innern wußte er, daß Geoff recht hatte, aber er sträubte sich gegen diese Erkenntnis. Liz nahm nicht an dem Streitgespräch teil, wahrte Abstand und erweckte den Eindruck, in einem ihrer Notizbücher zu lesen. Dann und wann sah sie über den Rand des Heftes hinweg, um das Geschehen zu erfassen. Mike fragte sich, was ihr durch den Kopf ging. Die kühle, unerschütterliche Liz ... Verlor auch sie ihre innere Ruhe? Regte sich auch in ihr die Furcht? Das Gesicht verriet nichts und blieb vollkommen ausdruckslos, wirkte wie eine Maske. Für ein oder zwei Sekunden begegnete sie seinem Blick, doch ihre Züge blieben so unverändert, als hätte sie ihn überhaupt nicht wahrgenommen.

Plötzlich erinnerte sich Mike daran, warum ihm Liz' leere Miene so vertraut schien. Er kannte so einen Gesichtsausdruck, hatte ihn schon häufig gesehen: bei schriftlichen Prüfungen in Klassenzimmern, wenn sich Jungen und Mädchen bemühten, leere Blätter zu füllen, während die weiße Uhr an der Wand Sekunden forttickte. Die mimische Botschaft lautete: intensive Konzentration. Aber auf was konzentrierte sich Liz?

»Glaubt ihr etwa ...« Frankie sprach nicht weiter.

»Was?«

»Ach, nichts. War nur so ein Gedanke.«

»Sag's ruhig«, drängte Alex. »Glaubt ihr etwa *was*?«

Frankie schlang die Arme um die Knie. »Nun, daß uns niemand findet. Das glaubt ihr doch nicht, oder?«

Alex gab keine Antwort.

»Man kann lange Zeit ohne Nahrung auskommen und nur von Wasser leben«, sagte Liz. »Sehr lange.«

»Und die Klasse kehrt in einigen Tagen vom Ausflug zurück«, fügte Frankie hinzu. »Ja. ja, natürlich.«

Geoff warf ihr einen Blick müder Verachtung zu.

»Wie lange?« fragte Mike.

»Ich weiß nicht genau«, antwortete Liz. »Nicht nur einige Tage, sondern Wochen. Und wenn wir uns wenig bewegen, verbrauchen wir kaum Energie.«

»Ja.« Mike runzelte die Stirn. Wenn Liz so zuversichtlich war – worüber hatte sie dann nachgedacht?

»Bist du sicher?«

»Ja, das bin ich.« Sie senkte den Kopf, starrte auf ihre gefalteten Hände, und Mike kam zu dem Schluß, daß sie log.

Die ganze Zeit über versuchten wir, die Augen vor der Wahrheit zu verschließen, sie einfach zu ignorieren. Wir klammerten uns an dem Glauben fest, daß Martyn jeden Augenblick eintreffen würde, um die Tür zu öffnen und eine Strickleiter herabzulassen. Eigentlich fiel es uns ganz leicht, von solchen Annahmen auszugehen. Wir warteten lieber, anstatt zu überlegen und nach einem Ausweg zu suchen. Geoff hatte bereits darauf hingewiesen: Wir waren hilflos.

Man vergleiche es damit, wach zu bleiben, obgleich man sehr müde ist. Man weiß: Die Augen zu schließen – das bedeutet zu schlafen. Trotzdem redet man sich ein, daß eine Sekunde keinen Unterschied macht, ebensowenig wie zwei, und zehn Sekunden sind eigentlich nicht viel mehr ... Und schon ist man im Reich der Träume. Wer danach trachtete, gründlich über unsere Situation nachzudenken, stieß dabei auf einen immer stärker werdenden mentalen Widerstand.

Wir konnten nicht nach draußen klettern. Es gab nur eine Tür, und sie befand sich vier Meter über uns. Außerdem war sie abgeschlossen. Es existierte nur eine einzige Öffnung: das Schlüsselloch – zu klein für uns, um nach draußen zu gelangen. Geoff hatte recht: Wir konnten tatsächlich nichts unternehmen.

Niemand sprach darüber, aber vermutlich dachten wir alle daran: Wir brauchten eine Art *Deus ex machina.* Zum Beispiel eine verborgene Falltür. Eine zugemauerte Tür, deren verwitterte Steine nachgaben. Einen Geheimgang. Jemanden, der durch Zufall unsere Stimmen hörte und beschloß, nach dem Rechten zu sehen. Wir hofften auf göttliches Eingreifen, um nach draußen zu gelangen. Ohne dabei an Martyn zu denken. Er war kein solcher Gott, obgleich ihn weniger Distanz von einem gottähnlichen Status trennte als uns.

Wir saßen im Loch und warteten. Und wurden so Martyns Plan gerecht.

Kapitel Acht

Niemand wollte als erster essen. Während der Tag älter wurde, hockten sie einfach nur da, und das Gefühl des Hungers gewann immer mehr an Intensität. Stille herrschte. Die Tür blieb geschlossen, und von der Welt jenseits davon drangen keine Geräusche ins Loch. Nur der Keller schien zu existieren, sonst nichts. Am Abend schalteten sie das Licht aus und legten sich hin.

Mike blieb lange Zeit wach, starrte in die Finsternis und dachte über alles nach. Wahrscheinlich grübelten auch die anderen; er fragte sich, ob Nachdenken irgendeinen Sinn hatte. Es mochte am besten sein, zu schlafen und zu warten, bis jemand sie fand. Schlafen und vergessen, was geschah. Die Kraft für das bewahren, was ihnen noch bevorstand.

Es war recht früh am Abend, und in der Welt außerhalb des Lochs verweilte ein wenig Sonnenschein, während der Rest des Tages rot am Horizont blutete und allmählich in die Nacht überging. Er suchte nach dem grauen Stern und fand ihn als trüben, matten Fleck. Bevor Mike einschlief, schien der einzige Stern am Himmel des Lochs spöttisch zu zwinkern.

Ich erinnere mich an die Nacht, und zwar mit einer auf Entsetzen basierenden Deutlichkeit. Ich wußte nicht, was ich tun sollte. Die Erkenntnis, wie die anderen im Loch festzusitzen, ohne etwas dagegen unternehmen zu können, erschütterte die Grundfeste meines Ichs. Das Verantwortungsgefühl gehörte von Anfang an zu meinem Wesen; ich habe mich immer vernünftig und vorsichtig verhalten, habe immer vorausgedacht und gut auf mich achtgegeben. Wie konnte ich in eine solche Situation geraten? Tatsächlich sah ich mich als Opfer einer Sinnlosigkeit, die ich sofort hätte durchschauen müssen – und ich lehnte es hartnäckig ab, mir das zu verzeihen. Hatte ich mich selbst doch für die letzte Person auf der ganzen Welt gehalten, die sich von Charisma so sehr blenden ließ, um den gesunden Menschenverstand außer acht zu lassen. Doch genau das war geschehen. Nun, wenn ich zurückblicke und feststelle, daß die ganze Schule von Martyn geblendet wurde – dann verstehe ich wenigstens zum Teil, was geschehen ist. Ich verstehe es, ja – doch ich kann nicht verzeihen.

Es gibt nur wenige Dinge, die schlimmer sind, als dem Mangel an eigenem Weitblick ausgeliefert zu sein. Je mehr ich in jener Nacht über unsere Lage nachdachte, desto deutlicher wurde folgendes: Das Loch war mit einer geradezu unheimlichen Gründlichkeit geplant worden; in Martyns Plan gab es nicht den geringsten Fehler – wir saßen ohne jede Hoffnung in der Falle. Eine schreckliche Situation. Ich bin daran gewöhnt gewesen, viel Zeit mit mir selbst zu verbringen, aber plötzlich fühlte ich mich einsamer als jemals zuvor.

Irgendwann am frühen Morgen erwachte Mike aus dem unruhigen Schlaf. Einige Sekunden lang stellte er sich vor, woanders zu sein, außerhalb des Lochs, das immer mehr zu einem Alptraum wurde. Doch der harte Boden des Kellers und eine undurchdringliche Finsternis zwangen ihn in die Realität zurück. Er stand ganz leise auf, um die anderen nicht zu stören, schlich durch den Raum und um die Ecke und ertastete sich den Weg zur Toilette. Dort urinierte er, mit kühlem Porzellan an den Knien.

»Mike?«

Das Flüstern ließ ihn fast zusammenzucken. Rasch zog er die Unterhose hoch und drehte sich um. Noch immer umgab ihn Dunkelheit. »Wer ist da?«

»Ich.« Eine kurze Pause. »Liz.«

»Lieber Himmel! Du solltest die Leute nicht so erschrecken.«

»Ja. Bitte verzichte darauf, die Wasserspülung zu betätigen.«

»In Ordnung.« Mike sprach ebenso leise wie Liz. »Habe ich dich geweckt?«

»Nein. Ich habe nachgedacht.«

»Diesen Eindruck hatte ich gestern schon von dir.«

Es klickte leise, und Liz' Taschenlampe zeichnete eine kleine Scheibe aus gelbem Licht auf den Boden. Das Haar hing ihr zerzaust auf die Schultern, und sie wirkte müde. In der einen Hand hielt sie die leere Limonadenflasche, und Mike widerstand nur mit Mühe der Versuchung, laut zu lachen. »Was hast du damit vor?« fragte er. »Wolltest du ganz allein eine mitternächtliche Party veranstalten?«

»Was hältst du davon, wenn wir uns zurückziehen? Ich möchte mit dir reden, ohne jemanden zu wecken.« Das Licht der Taschenlampe wanderte kurz zu der kleinen Kammer auf der anderen Seite der Toilette.

»Meinetwegen.« Mike folgte Liz in den Nebenraum, und dort nahmen sie einander gegenüber Platz.

»Bald bleibt dieses Ding dunkel. Ich wünschte, ich hätte zusätzliche Batterien mitgebracht.« Liz legte die Taschenlampe auf den Boden, und in ihrem matten Schein wirkten die Fugen zwischen den Fliesen wie tiefe, zerklüftete Schluchten. »Aber in dieser Hinsicht bedauere ich eine Menge. Uns fehlen nicht nur Batterien, sondern auch viele andere Dinge.«

Mike nickte. »Was wird deiner Meinung nach geschehen?« fragte er.

»Ich habe gehofft, es von dir zu hören«, erwiderte Liz. »Geoff versteht allmählich, was los ist, und Frankie beginnt's zu ahnen. Aber ich fürchte, Geoff hat bereits aufgegeben. Und Frankie ...« Sie zögerte. »Von Frankie dürfen wir kaum Hilfe erwarten.«

»Was *ist* los?« fragte Mike fast gegen seinen Willen – eigentlich wollte er die Antwort gar nicht hören. Liz lächelte auf eine sonderbare, humorlose Weise.

»Kommt darauf an. Ich glaube, ich kenne die nächste Phase, aber ... Nun, ich bin nicht *ganz* sicher. Wie dem auch sei: Bald haben wir Gewißheit.«

»Wann?«

»Gleich. Aber bevor es soweit ist ... Wie siehst du unsere Situation?«

»Ich glaube, etwas ging schief«, sagte Mike. »Ja, etwas ging auf schreckliche Weise schief. Ich versuche dauernd, eine Lösung für das Problem zu finden, aber offenbar gibt es keine. Es ist schrecklich.«

Liz musterte ihn stumm, und schließlich entgegnete sie: »Ja, es ist schrecklich. Doch ich glaube nicht, daß es schiefging. Und das finde ich gräßlicher als alles andere.«

»Nimmst du an, es gehört alles zu irgendeinem dummen Scherz?«

Wieder das freudlose Lächeln. »Nein.« Und nach einer weiteren Pause. »Ich habe Angst, Mike. Ich habe *wirklich* Angst.«

»Ich auch«, gestand er leise und wußte im gleichen Augenblick, daß es stimmte.

Das Licht der Taschenlampe wich jäher Finsternis – um kurz darauf zurückzukehren und einen Teil der Dunkelheit zu verdrängen. Liz blickte darauf hinab, schüttelte den Kopf und schien sich in ihrer Konzentration gestört zu fühlen.

»Also gut«, sagte sie. »Finden wir heraus, ob ich recht habe.«

Mike folgte ihr verwirrt zur Toilette. Dort kniete Liz vor den Wasserhahn und stellte die Limonadenflasche darunter.

»Bitte halt das«, sagte sie und reichte Mike die Taschenlampe. »Und leuchte für mich. Ach, Mist! Es ist echt blöd, daß wir keine Ersatzbatterien haben. Wir könnten sie gut gebrauchen.«

Mike beobachtete verwundert, wie Liz die Flasche so zurechtrückte, daß sich der Hals genau unter dem Ausfluß befand. »Zwei Liter«, murmelte sie und drehte den Hahn langsam auf. Wasser rann in die Limonadenflasche. Als Liz den Hahn weiter öffnete, erklang ein leises Zischen. Die Flasche füllte sich allmählich: Das Wasser in ihr stieg bis zu einem Drittel, dann bis zur Hälfte. Aus dem leisen Zischen wurde ein jähes Fauchen, das einzelne Wassertropfen davonschleuderte. Liz rührte sich nicht von der Stelle. Die Flüssigkeit in der Flasche hatte fast die breite grüne Markierung erreicht, als sich das Fauchen wiederholte. Anschließend zischte es nur noch, ohne daß Wasser aus dem Hahn rann.

Liz öffnete ihn ganz. Ohne Erfolg.

»Das wär's«, sagte sie. »Kein Wasser mehr.«

»Ein Rohrbruch?« flüsterte Mike entsetzt.

»Jemand hat es abgedreht«, hauchte Liz und schraubte den Verschluß auf die Limonadenflasche. »Du hast noch immer nicht verstanden, oder?«

»Was denn?« fragte er und hörte die eigene Stimme wie aus weiter Ferne, weil er die Antwort bereits wußte. Leise kehrten sie in die kleine Kammer zurück.

»Ich habe so etwas erwartet«, erklärte Liz. »Eine meiner eigenen Bemerkungen brachte mich auf den Gedanken.«

»Du hast gesagt, wir könnten lange Zeit ohne Nahrung auskommen«, erinnerte sich Mike.

»Ja. Aber nicht ohne Wasser. Und ich dachte: Wenn Absicht dahintersteckt, wenn Martyn alles geplant und noch immer unter Kontrolle hat – dann ist es nur eine Frage der Zeit, bis kein Wasser mehr aus dem Hahn fließt.«

»Du hast recht behalten. Das ist ...« Mike suchte nach den richtigen Worten. »Es ist einfach unglaublich. Vollkommen irre.«

»Unsere Situation spiegelt Martyns Wahnsinn wider«, meinte Liz.

»Ja. Nur ein Wahnsinniger kann zu so etwas fähig sein.«

»Im Ernst«, betonte Liz. Sie sah Mike an. »Martyn erlaubt sich nicht nur einen Scherz. Das dürfte uns inzwischen klar sein, oder? Wir sollen hier im Loch krepie-

»Mike glaubte,
unter einem schweren Gewicht zu ersticken.«

Bei Geoff und Mike liegen die Nerven blank.

Frankie tröstet Liz.

Liz und Mike – Freunde in der Not.

Werden Frankie, Liz und Mike
jemals wieder aus dem Loch entkommen?

Frankie versucht zu schlafen.

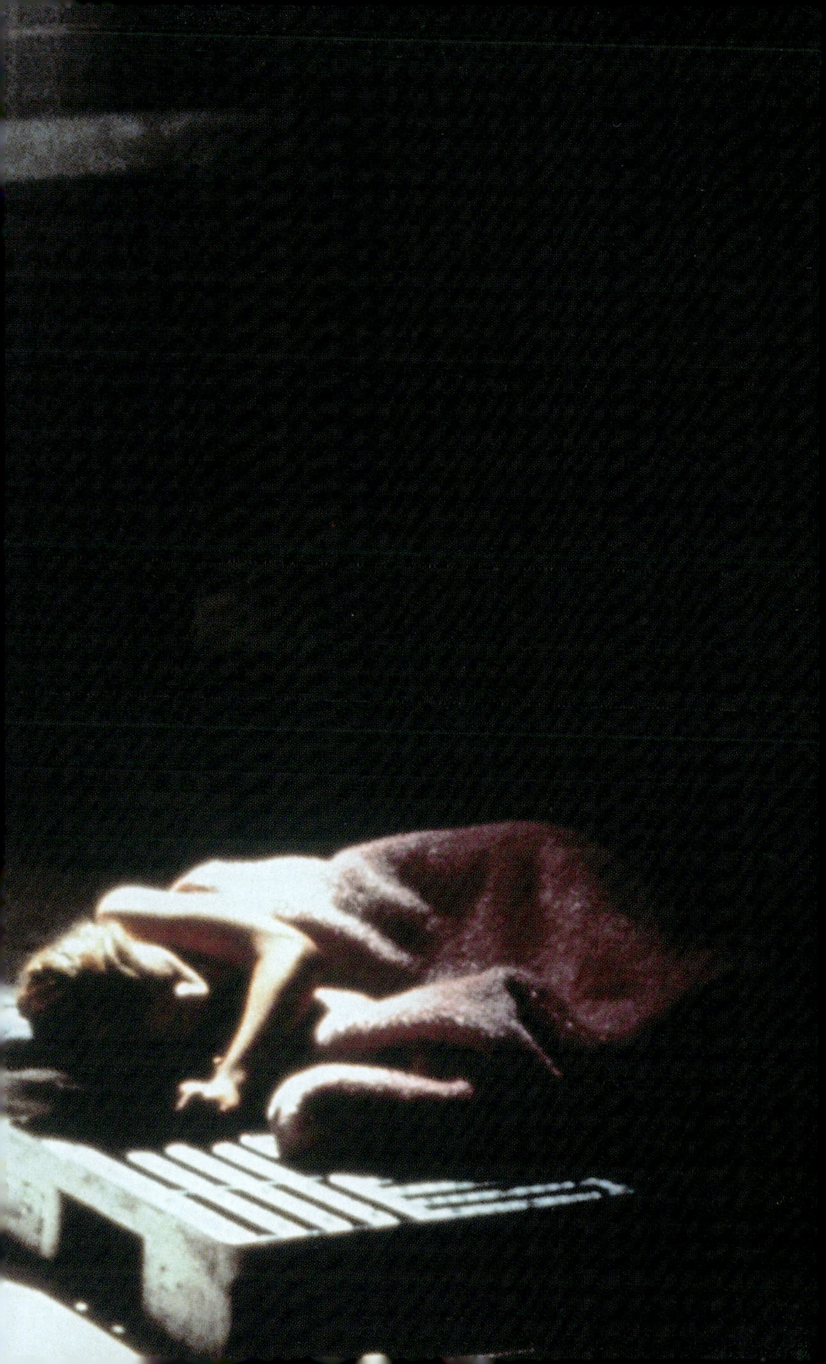

Geoff und Mike sind mit ihren Kräften am Ende.

Liz sieht endlich Licht.

Liz steht unter Schock.

Psychologin Dr. Philippa Horwood *(Embeth Davidtz)* steht vor einem Rätsel.

ren. Himmel, so einen Plan kann nur jemand entwickeln, der ganz und gar verrückt ist.«

Mike ließ den Kopf hängen und konnte es kaum fassen. »Was machen wir jetzt, zum Teufel?« brachte er hervor. »Der Kerl ist uns die ganze Zeit über einen Schritt voraus. Wir können uns überhaupt nicht zur Wehr setzen.«

»Mag sein«, sagte Liz. »Aber ich verstehe immer mehr, und ...« Sie unterbrach sich. »Wenn wir die Dinge aus seiner Sicht sehen, wenn wir feststellen können, mit welchen Ereignissen er rechnet, wenn wir Martyns *Denkweise* teilen ... Dann gelingt es uns vielleicht, einen Ausweg zu finden.«

»Glaubst du?«

»Nein, eigentlich nicht.« Sie seufzte und stützte das Kinn auf die angezogenen Knie. In dieser Haltung wirkte sie sehr jung und ängstlich. »Aber wie ich schon sagte: Ich verstehe immer mehr. Zumindest in Hinsicht auf das Wasser war ich ihm voraus.«

»Wir haben keine Zeit für irgendwelche Spielchen«, wandte Mike ein. »Etwas mehr als ein Liter Wasser steht uns zur Verfügung. Wie lange reicht ein solcher Vorrat für fünf Personen?«

»Unser Vorrat ist größer.«

»Nun, vielleicht sind es anderthalb Liter.« Mike bedachte die Limonadenflasche mit einem skeptischen Blick.

»Ich meine den Spülkasten«, sagte Liz. »Er enthält ziemlich viel Wasser. Ich frage mich, ob Martyn daran gedacht hat.«

Erst jetzt begriff Mike, wie unaufmerksam er die ganze Zeit über gewesen war. Liz hatte den Nachmittag genutzt, um die Situation zu analysieren, das nächste Stadium im Loch vorherzusehen und einer drastischen Verschlechterung der Lage vorzubeugen. Er stellte sich vor, wie leicht es gewesen wäre, gedankenlos die Spülung zu betätigen und dadurch das restliche Wasser zu vergeuden.

»Warum sagst du mir das alles?« erkundigte er sich.

»Keine Ahnung. Es erscheint mir irgendwie richtig.

Vielleicht deshalb, weil wir beide das Schlüsselloch gesehen haben. Weil wir in der gleichen Richtung denken.«

»Das Schlüsselloch hat mir zugezwinkert«, sagte Mike. Er lachte leise. »Ich schwör's.«

»Wie bitte?«

»Kurz bevor ich einschlief. Es hat gezwinkert.«

»Klink jetzt bloß nicht aus«, warnte Liz.

»Was sagen wir den anderen?« Es beschämte Mike, eine solche Frage zu stellen.

»Auf das Problem mit dem Wasser müssen wir sie natürlich hinweisen«, entgegnete Liz. »Aber wenn du nichts dagegen hast, ersparen wir ihnen die Wahrheit. Wir sollten die Sache damit erklären, daß irgendwo ein Tank leer ist, daß Martyn nur einen für drei Tage bestimmten Wasservorrat anlegte, bevor wir uns ins Loch begaben. Wir müssen das Wasser des Spülkastens in Flaschen füllen und so. Geoff hat eine Menge.«

»Wird man uns glauben?«

»Geoff bleibt bestimmt skeptisch. Frankie und Alex nehmen uns die Geschichte vielleicht ab.« Liz blies sich eine Strähne aus der Stirn. »Wir müssen überzeugend sein.«

»Ja«, murmelte Mike dumpf.

Es war früh am Tag, aber ich ließ den Kugelschreiber sinken und schob den Stuhl zurück. Unten schloß sich die vordere Tür, und kurz darauf hörte ich Stimmen am Ende der Treppe.

»Mike?«

Der Besucher erwies sich als jemand anderer, und ich kehrte enttäuscht in die Mansarde zurück. Ich hätte mich jetzt über Gesellschaft gefreut – über die Präsenz einer Person, die meine Erlebnisse teilte. Von vorneherein habe ich gewußt, daß es nicht einfach sein würde, aber je mehr ich schreibe, desto deutlicher werde ich mir der eigenen Bedeutungslosigkeit bewußt. Es ist schwer. Und ein freundliches Gesicht hätte geholfen.

Ich setzte mich wieder, drehte den Kugelschreiber hin und her, blickte aus dem Fenster. Eine Zeitlang beobachtete ich die Amseln und Bäume und versuchte dabei, nicht an jene Dinge zu denken, die niedergeschrieben werden mußten.

Am nächsten Tag gaben sie den anderen Bescheid und füllten Flaschen mit dem Wasser des Spülkastens. Mike hatte sich eine Zeitlang gefragt, ob die entsprechende Zuflußleitung vielleicht noch unter Druck stand. Das war nicht der Fall: Nur ein wenig zusätzliches Wasser floß aus dem Schwimmerhahn. Die Spannung im Loch nahm zu. Geoff, Frankie und Alex schienen die Erklärung in bezug auf den Tank zu akzeptieren, aber trotzdem lag so etwas wie Panik in der Luft.

»Ich habe Hunger«, sagte Alex leise, als das Wasser abgefüllt war. »Essen wir jetzt? Oder heben wir den Rest für später auf?«

»Wir heben ihn auf«, sagte Liz. »So lange wie möglich.«

Die Quantität der restlichen Lebensmittel erschien Mike geradezu lächerlich gering; sie reichten kaum für einen Snack, geschweige denn als Mahlzeit für fünf Personen. Die Ansammlung der Wasserflaschen, die weiter hinten an der Wand standen, wirkte etwas beruhigender. Immer wieder rief er sich ins Gedächtnis zurück, daß sie Martyn zumindest in dieser Hinsicht ein Schnippchen geschlagen hatten.

»Wir dürfen nur ganz wenig essen und trinken«, sagte Frankie. »Und wir müssen sicherstellen, daß alles gerecht geteilt wird.«

Liz sah von ihrem Notizheft auf. »Ganz so einfach ist es nicht.«

»Wie meinst du das?«

»Ich möchte mir die Vorräte ansehen. Um den Nährwert der einzelnen Lebensmittel festzustellen. Das sollte eigentlich möglich sein. Hat sich jemand von uns auf Biologie spezialisiert?«

Niemand meldete sich.

»Schade«, fuhr Liz fort. »Wißt ihr, es ist sehr wichtig, daß Salze und Wasser im Gleichgewicht bleiben. Leider kenne ich mich mit diesen Dingen nicht gut genug aus, um eine angemessene Diät zu planen. Wir sollten keine salzigen Sachen essen, denke ich.«

»Hervorragend«, warf Geoff ein. »Du *denkst.* Wir sterben also vielleicht an Vergiftung oder Dehydration, weil du keine Ahnung hast, was wir essen dürfen und was nicht.«

Liz wandte sich wortlos ihrem Notizbuch zu. Nach ein oder zwei Minuten sammelte Frankie die restlichen Nahrungsmittel ein und trug sie dorthin, wo Liz saß.

»Hier«, sagte Frankie. Und: »Ich wünschte, ich hätte nicht alle Geleefrüchte gegessen. Die Dinger enthielten Zucker. Und der ist wichtig, nicht wahr?«

»Sei unbesorgt.« Liz lächelte flüchtig. »Wenigstens sind wir alle gesund.«

»Was soll das alles?« fragte Geoff. »Eben hast du selbst gesagt, daß du dich mit solchen Sachen nicht auskennst. Warum sollten wir deinen Ratschlägen vertrauen?«

»Ich möchte nur gewährleisten, daß jeder von uns alles Notwendige bekommt«, erwiderte Liz. »Und gebe mir diesbezüglich Mühe. Auch ich hätte nichts gegen die Gesellschaft eines Wissenschaftlers unter uns – dann wäre vieles leichter. Aber leider sind wir hier allein, und deshalb müßt ihr mit mir vorliebnehmen.«

»Du willst gewährleisten, daß jeder von uns alles Notwendige bekommt?« wiederholte Geoff. »Was soll daran so schwer sein? Alles wird gerecht geteilt, und damit hat es sich.«

»Gerechtes Aufteilen muß nicht unbedingt bedeuten, daß alle Portionen gleich groß sind.« Zum erstenmal seit Beginn des Gesprächs sah Liz auf und begegnete Geoffs Blick. »Verstehst du?«

Kurze Stille folgte. Liz und Geoff verharrten in Reglosigkeit und starrten sich an. Schließlich wandte sich Geoff ab.

Frankie brach das Schweigen. »Es freut mich, daß jemand etwas unternimmt. Es ist mir gleich, wieviel Nahrung du mir gibst, Liz.« Und zu den anderen: »Sie weiß mehr als wir, und meiner Ansicht nach hat sie alles gut im Griff.« Sie lachte. »Wahrscheinlich bringt sie uns im Nu nach draußen.«

»Als ob sich irgend jemand darum scheren würde, was *du* meinst«, brummte Geoff.

Frankie holte tief Luft, um zu antworten, doch dann zeigte sich jähe Verwirrung in ihren Zügen. »Liz?« fragte sie leise. »Wir kommen doch hier raus, oder?«

»Natürlich«, lautete die Antwort.

»Ich wußte es.« Frankie drehte sich auf die Seite und kehrte der Gruppe den Rücken zu. Doch ihre Schultern bebten, und Mike zweifelte nicht daran, daß sie lautlos weinte.

Martyn war alles andere als unvorsichtig. Ich erinnere mich an die Vorbereitungen für einige seiner Streiche, und sie alle zeichneten sich durch einen seltsamen Aspekt aus: Wir merkten immer erst *nachher,* was eigentlich geschah. Während die Sache stattfand, erschien alles komisch. Vorher mochte man die Angelegenheit für lustig und ein wenig kindisch halten – aber nachher, wenn das Heitere nachließ, wenn einige von uns die wahre Natur des Scherzes erkennen konnten, dann offenbarte sich das Unerwartete. Gibbon ging schließlich und kehrte nicht zurück. Andere Leute veränderten sich auf eine teilweise dramatische Weise. In manchen Fällen schienen die Nachwirkungen noch verheerender zu sein als die unmittelbaren Folgen.

Ich halte es noch immer für dumm und töricht, daß ich jemandem wie Martyn gestattet habe, eine so umfassende Kontrolle auf mein Leben auszuüben. Nun, niemand von uns ahnte, was uns das Loch bescheren mochte – ein derartiges Konzept war viel zu schrecklich, um auch nur einen beiläufigen Gedanken daran zu verschwenden. Niemand zog eine solche Möglichkeit in Erwägung. Man prüft nicht alle Einzelheiten eines Scherzes, der vom größten Spaßvogel der Schule vorgeschlagen wird, um festzustellen, ob er einem das Leben kosten könnte. So etwas macht man einfach nicht.

Wenn einer von uns genauer darüber nachgedacht und – aus irgendeinem Grund – beschlossen hätte, nicht ins Loch zu gehen, dann wäre Martyn überhaupt nicht imstande gewesen, seinen Plan zu verwirklichen. Ein Eingeweihter in Freiheit hätte eine viel zu große Gefahr für ihn dargestellt. Aber natürlich hatte sich niemand von uns die Mühe gemacht, nach verborgenen Absichten zu suchen. Viel zu sehr freuten wir uns darüber, an etwas teilzunehmen, das sicher in die Legendengeschichte unsere Schule eingehen würde.

Vor mir steht ein Karton. Ganz oben liegen neun Kassetten, die zwei von Gummibändern umschlungene Bündel bilden. Sieben sind in meiner eigenen Handschrift mit ›Lisa‹ markiert – schwarzer Kugelschreiber auf weißem Klebestreifen. Die aufgezeichneten Gespräche stellen einen anderen Martyn dar, zeigen ihn von einer Seite, die wir nicht aus der Schule kennen. Wenn Lisa und ich damals darüber gesprochen hätten, vor dem Loch, so wäre ich sicher nicht bereit gewesen zuzulassen, daß er mich und auch die anderen einfach so benutzte. Die übrigen beiden Kassetten bilden ein eigenes Bündel und tragen keine Kennzeichnung. Bestimmt hat es mehr gegeben. Aber der Rest ist verschwunden. Wohin? Vermutlich erfahren wir das nie. Wie dem auch sei: Sie enthalten wohl kaum Informationen, die mir nicht schon bekannt sind. Vielleicht hätten wir die komplette Kassettensammlung verwenden können, um den Beweis dafür zu erbringen, was wirklich geschehen ist – um anderen Leuten das wahre Wesen Martyns zu zeigen. Aber letztendlich blieb er uns einen Schritt voraus.

Kapitel Neun

Gegen Mittag wurde der Hunger so stark, daß Mike mehrmals spürte, wie Schwindel ihn überfielen. Seit dem vergangenen Abend litt er an Magenschmerzen, und nun kam ein Durst hinzu, der sich nicht ignorieren ließ. Zeit fürs Mittagessen. Dieser Gedanke rückte immer wieder ins Zentrum seiner Aufmerksamkeit: Es war Zeit fürs Mittagessen; sie sollten jetzt eine Mahlzeit einnehmen und trinken. Natürlich sagte er nichts. Er hatte sich fest vorgenommen, diese Dinge nicht als erster zu erwähnen.

Schließlich schnitt Liz das Thema an.

»Wir sollten jetzt etwas essen. Nur ein wenig.«

Sie stellten fünf kleine Portionen zusammen: trockene Nudeln, etwas Dosenfleisch. Plastikbecher mit Wasser. Wieviel mußte man jeden Tag trinken? Etwa vier Gläser, vermutete Mike. Und sie mußten sich mit einem Becher begnügen. Mit einer für ihn ungewöhnlichen Voraussicht fragte er sich, wer als erster die Einteilung der einzelnen Rationen in Frage stellen und aus irgendwelchen Gründen mehr für sich verlangen würde. Früher oder später kam es bestimmt dazu. Sich selbst zählte Mike nicht zu den möglichen Kandidaten.

Die kleinen Happen brachten keine Erleichterung, im Gegenteil: Sie verstärkten das Hungergefühl. Seltsam – das Essen erinnerte in aller Deutlichkeit an die Notwendigkeit des Essens. Mike lächelte, als er daran dachte, welche Streiche ihm der eigene Körper spielte. Doch diese Erkenntnis vermittelte kaum Trost.

»Wenn wir draußen sind ...«, begann Frankie. »Was haltet ihr davon, dann gemeinsam ein Restaurant zu besuchen? Ich möchte etwas, das einem richtig schwer im Magen liegt, zum Beispiel ein dickes Steak mit Kartoffelbrei und Bohnen.«

»Hör auf«, sagte Alex.

»Oh, Entschuldigung«, erwiderte Frankie. Mike glaubte nicht, so etwas wie Bedauern oder Reue in ihren Zügen zu erkennen, aber Frankies Gesichtsausdruck war ohnehin schwer zu deuten. »Ich esse einfach zu gern. Und der Mangel an Nahrungsmitteln ist ganz neu für mich.« Sie sah ins Leere und lächelte. »Unser Kühlschrank zu Hause ist immer herrlich voll.«

»Sei endlich still«, knurrte Geoff. »Iß den Mist und halt die Klappe.«

Frankie blickte auf ihre Portion hinab und zuckte mit den Schultern. »Na schön.«

Der Abend schien noch eine halbe Ewigkeit entfernt zu sein. Mike versuchte, an Dinge zu denken, die ihm das Warten erleichterten. Mehrmals fragte er sich, was Liz dachte.

»Wenigstens kann nicht noch mehr schiefgehen«, sagte er und trachtete danach, fröhlich zu klingen.

»Dies hier reicht mir völlig«, sagte Geoff. »Meine Güte, willst du uns auffordern, alles von der positiven Seite zu sehen?« Er leerte seinen Plastikbecher und zerknüllte ihn sofort. »Mann, hier gibt's überhaupt keine positiven Seiten! Uns allen droht der Tod. Kapiert? Erspar mir den Es-kann-nicht-noch-schlimmer-kommen-Quatsch.«

»Es ist kein Quatsch«, warf Liz ein. »Es könnte wirklich noch schlimmer kommen.«

Niemand achtete auf sie.

»Ich glaube, wir überstehen das schon!« stieß Mike hervor. Er war sauer auf Geoff, weil er jene Hoffnungslosigkeit betonte, die er selbst vergessen wollte.

»Erzähl keinen Mist«, hielt ihm Geoff entgegen. »Du versuchst nur, dich selbst zu täuschen. Tief in deinem Innern kennst du die Wahrheit, ebenso wie ich, Frankie, Liz und Alex. Dir fehlt einfach der Mumm, dich der Realität zu stellen.«

Mike wußte nicht, was er dazu sagen sollte. Einige Sekunden später sprach Liz, und ihre Stimme klang so eisig, daß er sie kaum wiedererkannte.

»Verhältst du dich vielleicht wie jemand, der sich der Realität stellt?« fragte sie. »Meine Güte, ich bin beeindruckt. Leute, die sich mit der Realität abfinden, müssen offenbar wie verzogene Kinder flennen, wenn ihnen was nicht paßt.«

Geoffs Kinnlade klappte nach unten. In seinen Augen glühte Wut, aber sie fand kein Ventil, blieb in ihm stecken.

»Zum Teufel mit dir«, sagte er nur. Mike schluckte, doch Liz gab keine Antwort.

Eine Zeitlang sah ich ihn kaum – zu Beginn der Ferien, meine ich. Eigentlich keine große Überraschung. Außerdem hatte ich genug zu tun: Ich mußte mich auf die Prüfungen zum Abschluß der Sekundarstufe zwei vorbereiten. Das erste Jahr nimmt man nicht sehr ernst, aber du weißt ja, wie das ist. Nun, deshalb war es mir eigentlich ganz recht, Martyn kaum noch zu treffen, bevor dann die Osterferien begannen. Eine ganz normale Sache.

Vom Loch erfuhr ich nichts. Er sprach nie davon, gab mir nicht den geringsten Hinweis. Das eine oder andere Mal besuchte ich ihn zu Hause, und dort bot sich mir immer der gleiche Anblick. Nie fiel mir etwas auf. Ich meine, wenn ich etwas geahnt hätte, so wäre ich gewiß nicht tatenlos geblieben. Ist doch ganz klar. Aber er ließ sich nichts anmerken. Natürlich aus gutem Grund. Es fällt mir noch heute schwer zu glauben, daß etwas so Entsetzliches geschah, während ich mit ganz gewöhnlichen Dingen beschäftigt war und überhaupt nichts ahnte. Martyns Benehmen bot keinen Anhaltspunkt, er verhielt sich wie sonst auch.

Ganz ehrlich: Ich wollte die Sache mit ihm beenden. Der Reiz des Neuen ließ schnell nach, und ich … ich blieb irgendwie an ihm kleben. Himmel, ich weiß nicht, wie ich es ausdrücken soll. Ich meine, eigentlich kannte ich ihn gar nicht, und inzwischen zweifelte ich auch daran, ob ich ihn mochte. Zu Anfang fand ich ihn wundervoll, ja, doch wie ich schon sagte: Damals sah alles ganz anders aus. Vielleicht gefiel er mir mehr, als ich heute wahrhaben will. Aber eins war mir klar: Ich wollte nicht, daß es so weitergeht. Ich hoffte auf eine Gelegenheit, mit ihm darüber zu reden. Allerdings traf ich ihn nur selten.

Ich schaltete den Kassettenrecorder aus und lehnte mich zurück. Wieder einmal erstaunte es mich: Martyn hatte ein ganz und gar normales Leben geführt, obgleich er wußte, welches Drama sich im Loch abspielte – dazu konnte nur ein Wahnsinniger fähig sein. Aber in seinem Fall handelte es sich nicht um chaotischen Wahnsinn, sondern um eine sehr organisierte Form davon. Deshalb ließ sich sein Zustand so schwer diagnostizieren. Die Bezeichnung ›Psychopath‹ genügt nicht, um Martyn zu beschreiben. Er war brillant: ein gefährlicher Irrer mit großem Einfallsreichtum und unglaublichem Charisma. Und er verstand es, seinen Wahn zu verbergen. Was seine Kindheit betrifft … Davon weiß ich nichts. Er kam von einem Tag zum anderen in die Abschlußklasse unserer Schule – genausogut hätte er plötzlich vom Himmel fallen können. Er wohnte bei Onkel und Tante, die ein Haus haben, einige Meilen außerhalb des Ortes. Das sind die einzigen mir bekannten Details.

Wie mag er als Kind gewesen sein? Welcher Zwischenfall verwandelte ihn in den Martyn, den wir kennen? Ich bedauere es immer wieder, daß diese Fragen auch weiterhin unbeantwortet bleiben. Sonst gelänge es uns vielleicht, andere wie ihn rechtzeitig zu erkennen. Ich weiß es nicht …

Wenn ich an Martyn denke, so erscheint mir alles andere dünn wie Papier. Ich weiß nicht, was in ihm vor sich geht – ich habe versucht, mich in seine Lage zu versetzen –, aber eines ist mir klar: Abgesehen von den vielen Unterschieden zwischen uns gibt es auch Ähnlichkeiten. Sie laufen zum Beispiel auf folgendes hinaus: Wenn ich sicher sein könnte, unentdeckt zu bleiben und nicht bestraft zu werden – in dem Fall würde ich kaum zögern, Martyn umzubringen. Das meine ich ernst. Natürlich haben diese Überlegungen nur theoretischen Wert, denn ich bin viel zu sehr von den Erfolgsaussichten polizeilicher Ermittlungsarbeit überzeugt. Gleichzeitig zweifle ich an meiner kriminellen Kompetenz. Angesichts solcher Umstände halte ich es für besser, nicht zu versuchen, irgendwelche Leute umzubringen. Wie dem auch sei: Ich habe über diese Möglichkeit nachgedacht. Wer würde mir widersprechen, wenn ich behaupte, die Welt sei ohne Martyn besser dran? Ich kenne mindestens vier andere Personen, die meinen Standpunkt teilen. An jenem Nachmittag, der Dutzende von Stunden lang zu sein schien, verloren wir die letzten Illusionen. Ich blieb nur deshalb bei Verstand, weil ich viel zu verzweifelt war, um einfach aufzugeben.

»Ich habe verdammt noch mal Hunger«, ächzte Alex. »Wann essen wir wieder etwas?«

Liz sah auf die Uhr. »Um sechs. Bis dahin sind's noch anderthalb Stunden. Anschließend versuchen wir zu schlafen.«

»Früh ins Bett?« fragte Frankie.

»Ja. Um Kraft zu sparen.«

Mike lag auf der Seite, die Arme an den Bauch gepreßt. Er hörte die Stimmen, aber sie hatten keinen Einfluß auf ihn – den Worten kam nicht die geringste Bedeutung zu. Er blickte zu seinem Rucksack. Irgendwo da drin befand sich eine Tüte mit Chips. Mit röhrenförmigen Kartoffelchips. Jetzt konnte er natürlich nicht nachsehen, denn dann wollten die anderen sicher, daß er ihnen etwas abgab. Aber wenn er bis zum Abend wartete – dann konnte er sie im Dunkeln essen, ohne daß jemand etwas merkte. Ein glückliches Lächeln umspielte seine Lippen. Er hatte nicht mehr an sie gedacht, aber jetzt waren sie ihm wieder eingefallen. Ihr köstlicher Geschmack …

»Ich habe wirklich Hunger, Liz«, sagte Alex. »Und ich fühle mich nicht gut.«

»Niemand von uns fühlt sich gut«, antwortete Liz. »Was mich persönlich betrifft: Ich bin kaum mehr als ein Häufchen Elend.«

Alex lächelte schief. »Ja. Ich weiß, was du meinst.«

»Ich halte es für eine gute Idee, früh zu schlafen«, ließ sich Frankie vernehmen. »Wir müssen bei Kräften bleiben, für morgen.«

»Ach, tatsächlich?« brummte Geoff. »Was hast du denn vor, Frankie? Willst du nach draußen klettern?«

»Manchmal bist du echt blöd«, erwiderte sie.

Alex zitterte und ballte die Fäuste. »Au«, brachte sie hervor und schnitt eine schmerzerfüllte Grimasse. »Es wird immer schlimmer.«

»Krämpfe?« fragte Liz.

Alex nickte. »Ich glaube ja. Oh, verdammt. Das tut *weh.*« Sie stand mühsam auf. »Mir ist schlecht«, fügte sie hinzu und taumelte in Richtung Toilette. Liz erhob sich ebenfalls – Mike glaubte, in ihren Bewegungen deutliche Anzeichen von Erschöpfung zu erkennen – und folgte ihr.

Nach einigen Sekunden hörten die anderen, wie jemand würgte, und kurz darauf erklang Liz' Stimme. »Wisch dir den Mund ab. Ja, so ist es gut.« Eine Pause. Und dann ein stakkatoartiges Husten; neuerliches Würgen schloß sich an. Mike verzog das Gesicht. Alex' Magen mußte fast leer sein; und *was* er enthielt, konnte sie gewiß nicht entbehren.

Es war nicht leicht für Mike, den eigenen Hunger lange genug zu vergessen, um Alex Mitgefühl entgegenzubringen.

Geoff setzte sich auf. »Mir reicht's. Wenn das die Folgen dieser verfluchten Diät sind, dann esse ich lieber.«

»Nein!« rief Frankie, als er nach einer geöffneten Konservendose mit Fleisch griff. »Das darfst du nicht!«

»Willst du mich vielleicht daran hindern?« erwiderte Geoff tonlos. Er holte einen Brocken aus der Dose, schob ihn sich in den Mund und schluckte.

»Was fällt dir ein?« Alle drehten sich um und sahen Liz in der Tür zum Nebenzimmer. Die noch immer zitternde Alex lehnte an ihrer Schulter – Mike stellte fest, daß Erbrochenes an ihrem Kinn klebte. Geoff erstarrte, die Hand auf halbem Weg zur Konservendose.

»Mörder«, sagte Liz eisig.

Geoff riß die Augen auf, kleine Fleischfetzen klebten an seinen Fingern. »Wie bitte?«

»Du bist ein Mörder, wenn du das ißt«, verkündete Liz ruhig. »Glaubst du, die Nahrung dringender zu benötigen als wir?« Sie trat vor, und hinter ihr stützte sich Alex an die Wand. »Na schön. Wer soll auf seine Portion verzichten, damit du mehr essen kannst? Nun? Wähl jemanden aus.«

Stille.

»Du sollst jemanden auswählen.« Liz kam noch etwas näher, und ihr Blick bohrte sich in den Geoffs. »Frankie? Sie ist dir völlig gleichgültig. Und deshalb kann sie ruhig sterben, oder? Dann hättest du auch ihre Ration. Oder Alex? Scheint ohnehin schon sehr geschwächt zu sein. Vielleicht hält sie nicht mehr lange durch. Warum Nahrung an sie verschwenden? Oder Mike? Du hast doch immer geklagt, daß er zuviel ißt. Jetzt könntest du es ihm heimzahlen. Soll er verhungern? Oder ich? Willst du meine Ration? Ich bin kleiner als du; es wäre leicht für dich, mich zu überwältigen und dir einfach mein Essen zu nehmen. Und es sollte dir auch nicht sehr schwerfallen, letzte moralische Bedenken zu überwinden – ich glaube, daß du mich sowieso nicht magst. Na los. Wähl jemanden aus.« Liz gab Geoff einen Stoß, und er wankte einige Schritte zurück.

»Entweder wählst du jemanden, der für dich sterben soll – oder du fängst endlich an, dich wie ein Mensch zu benehmen.«

Liz drehte sich um und kehrte zu Alex zurück. »Hier gibt's irgendwo Klopapier«, sagte sie hinter der Ecke. »Damit kannst du dich saubermachen.«

Geoff stand reglos, und zum erstenmal seit langer Zeit sah Mike echte Emotionen in seinem Gesicht. Das Loch schien alle intensiven Gefühle aus ihm getilgt zu haben, doch jetzt erwachten sie wieder. Langsam stellte er die Konservendose an ihren Platz und ließ sich dann auf seinen Schlafsack sinken. Einige lange Sekunden verstrichen, bevor er aufsah.

»Es tut mir leid«, sagte er leise.

»Schon gut«, erwiderte Mike und wußte, daß es diesen beiden Worten an Inhalt fehlte – sie blieben leer. Gleichzeitig erfüllte ihn tiefe Erleichterung darüber, daß Liz' Taktik funktioniert hatte. Erst später begriff er, wie wichtig und wirkungsvoll ihre Bemerkungen gewesen waren. Liz' Hinweise galten nicht nur Geoff, sondern auch den anderen: Irgendwann mochten sie alle von entsprechenden Gedanken heimgesucht werden, und sie hatte die davon ausgehende Gefahr neutralisiert. Aber zu jenem Zeitpunkt war Mike noch unschuldig genug, um zu glauben, daß ein derartiges Verhalten für ihn nicht in Frage käme.

Mitten in der Nacht begriff ich plötzlich, was ich bisher übersehen hatte. Allmählich formte sich eine Idee. Es war nicht viel, aber immerhin etwas. Und überraschenderweise gab es eine ganz einfache Möglichkeit, um herauszufinden, ob ich recht hatte. Doch um Gewißheit zu erlangen, mußte ich warten. Anders ausgedrückt: Meine Idee erforderte Zeit. Und gerade die Zeit wurde immer knapper.

Gelächter und die Stimmen von Kindern, die am Fluß spielten, tanzten in der warmen Nachmittagsluft. Wir – Mike und ich – saßen am Ufer, und Wasser rann uns über die Füße.

»Wann nimmst du mich mit nach Amerika?« fragte ich.

»Bald. Zuerst sollten wir etwas Geld verdienen, in Ordnung?«

»Verdien du das Geld. Ich lehne mich zurück und lasse alles geschehen.«

»Das hättest du gern, wie?« Mike hielt den Fuß hoch und ließ Wasser auf mein Bein tropfen.

»He! Aufhören!«

»Du solltest endlich deinen Allerwertesten in Bewegung setzen und dir einen Job suchen«, sagte er.

»Kommt nicht in Frage. Zur Zeit macht mir alles zu viel Spaß. Abgesehen vom Schreiben und so.«

»Gefällt's dir nicht?« Mike überlegte. »Nein, wohl kaum.«

»Nun, ich beginne zu fühlen, wie die Distanz wächst. Je mehr ich schreibe, desto mehr – scheine ich mich von allem zu befreien. Nur wenn ich dabei bin, wenn ich in der Mansarde sitze, mit dem Kugelschreiber in der Hand … Nur dann ist es unangenehm.«

»Ich verstehe.«

Eine Zeitlang saßen wir einfach nur da und planschten wie kleine Kinder.

»Wie weit bist du jetzt?« fragte Mike schließlich.

»Der wichtige Teil hat gerade erst begonnen«, erwiderte ich. »Du kannst alles lesen, sobald ich fertig bin.«

»In Ordnung.«

»Ich liebe dich.«

»Ich liebe dich auch, und zwar auf eine sehr respektvolle Weise«, entgegnete Mike. »Ich liebe dich wegen deiner überragenden Intelligenz.«

»Blödsinn.« Ich gab mich entrüstet.

»Na gut, ich geb's zu. Es geht mir nur um deinen Körper.«

»Schon besser.«

»Gut.« Er seufzte. »Laß uns aufbrechen. Ich begleite dich nach Hause.«

»Jetzt schon?«

»Ich muß noch in den Ort, bevor die Geschäfte schließen.«

»Ich komme mit«, bot ich mich an.

»Nein.«

»Ach? Was hast du dagegen?«

»Es hat etwas mit einer Person zu tun, die in den nächsten zwei Wochen Geburtstag hat und vermutlich enttäuscht wäre, wenn sie nichts von jemand erhält, der sie zufällig kennt.« Mike lächelte. »Ein ziemlich kompliziertes Satzgebilde, nicht wahr?«

Ich fühlte Wärme im Herzen. »Nun, dann ist ja alles in Ordnung.«

»Ja, das hoffe ich wenigstens. Trockne dir die Füße ab, Weib.«

Pulsierendes Leben erfüllte den Wald, als wir über den Fußweg in Richtung Ort schritten.

»Trink was«, sagte Liz. »Du brauchst den einen oder anderen Schluck.«

Alex schüttelte den Kopf. »Nein. Wahrscheinlich könnte ich es gar nicht bei mir behalten. Und außerdem benötigen wir das Wasser.«

»Niemand benötigt es mehr als du«, erwiderte Liz fest. »Wenn du nicht bald was trinkst, stellen sich Halluzinationen ein – dann siehst du Dinge, die aus den Wänden kriechen.« Sie griff nach der Limonadenflasche und schenkte einen Becher halb voll. »Ganz langsam«, fügte sie hinzu.

Alex beherzigte ihren Rat und nippte vorsichtig. »Was ist nur los mit mir?« fragte sie wie im Selbstgespräch. »Ich fühle mich so schlecht.«

»Es wird noch schlimmer«, meinte Liz. Mike fand diese Antwort unnötig hart, aber seltsamerweise schien Alex seine Ansicht nicht zu teilen.

»Da hast du vermutlich recht«, sagte sie.

»Du mußt dich zwingen, Wasser und Essen bei dir zu behalten«, betonte Liz. »Mist. Ich wünschte, wir hätten was von dem Nährpulver, das man in Wasser auflöst und trinkt. Mit dem Zeug kann man monatelang überleben.« Sie lächelte schief. »Aber unerfüllbare Wünsche helfen uns leider nicht weiter.«

Mike spürte, wie sich in seiner Magengrube etwas zusammenkrampfte, als er Alex beobachtete. Das Wasser wirkte herrlich rein und kühl. Er hätte es literweise trinken können.

»Und die Schweinerei auf der Toilette?« fragte Alex verlegen.

»Daran läßt sich kaum etwas ändern. Keine Sorge.« Liz seufzte. »Ich fürchte, hier wird's ohnehin bald stinken.«

Mike mußte einige Sekunden lang nachdenken, bevor

er verstand: Der Spülkasten war leer. Voller Abscheu verzog er das Gesicht.

»Ist es nicht an der Zeit, etwas zu essen?« fragte Frankie. Mike runzelte die Stirn. Ihre Stimme hörte sich irgendwie seltsam an, aber er wußte nicht, wie er den veränderten Klang interpretieren sollte.

»Ja, essen wir etwas«, sagte Liz, und wieder begann das Ritual, die wenigen Lebensmittel in kleine Rationen einzuteilen. Mike stopfte sich Fleisch und Kekse so schnell wie möglich in den Mund – und hätte sich fast übergeben. Das Wasser im Becher stand etwa fünf Zentimeter hoch, reinigte den Mund und ließ ihn verzweifelt nach mehr verlangen. Aber der Kunststoffbecher war bereits leer. Er schluckte und fühlte einen Schmerz, der ihn an Mandelentzündung erinnerte. Doch das konnte nicht die Erklärung sein: Seine Mandeln waren schon vor Jahren operativ entfernt worden.

»Das hat geschmeckt«, sagte Frankie. »Es war nicht viel, aber es hat geschmeckt. Außerdem: Jetzt dauert's nicht mehr lange, oder?«

»Nein, wir haben es bald überstanden«, erwiderte Liz automatisch. Mit der Kuppe des Zeigefingers strich sie über einen schmalen Riß im Boden. Ihr Haar wirkte inzwischen fettig und verfilzt bildete eine Art Büschel vor dem linken Auge. Nach einer Weile sah Liz auf und lächelte. »Seid nicht so bedrückt. Eigentlich können wir ganz zufrieden sein, oder? Ich meine, wir haben zu essen, zu trinken, Licht und angenehme Gesellschaft. Meine Güte, es ist fast gemütlich.«

Alex' Lippen zuckten. »Ich fühle mich noch immer ziemlich mies.«

»Trink noch etwas. Aber nicht zu viel.« Liz schenkte ihr Wasser nach. »Und denk daran: ganz langsam.«

»Ich kann es gar nicht abwarten, nach draußen zu kommen«, sagte Frankie. »Um mir dort Martyn vorzuknöpfen und ihm den Sack abzureißen.«

»Ich helfe dir dabei«, meinte Mike, doch seine Stimme

klang schwach und irgendwie verkehrt. Er sah Liz an, und sie erwiderte seinen Blick. Sonderbar: Er hätte schwören können, in ihren Pupillen ein Lächeln glimmen zu sehen.

Die Lage spitzte sich immer mehr zu. Entschlossenheit verlieh mir zusätzliche Kraft, aber um mich herum ließ der allgemeine Widerstandswille zusehends nach. Die anderen kapitulierten einfach, gaben auf. Frankie hatte recht. Aber *ich* wollte es sein, die Martyn ›den Sack abriß‹ – und vielleicht gelang es mir vom Loch aus. Wenn – falls mein Plan funktionierte. Ich hatte alles Notwendige in die Wege geleitet, ohne es offensichtlich werden zu lassen. Die Idee brannte wie ein Fanal hinter meiner Stirn. Ich konnte mir nicht einmal vorstellen, daß es nicht klappte: Ein Fehlschlag mußte unseren Tod bedeuten, und niemand ist imstande, sich das eigene Ende auszumalen, oder?

Ich hegte und pflegte die Idee, wartete auf ein Zeichen dafür, daß der richtige Zeitpunkt gekommen war. Anhaltspunkte hatte es von Anfang an gegeben. Als wir an jenem Abend das Licht ausschalteten und zu schlafen versuchten, gestattete ich mir ein hoffnungsvolles Lächeln. Es *mußte* klappen. Eine Alternative existierte nicht.

Zwar diente mir die Gewißheit dazu, eine Barriere zu errichten, die vor Niedergeschlagenheit, Kummer und Verzagtheit schützte. Aber sie änderte nichts an der Furcht. Die Angst blieb; ich fühlte mich auch weiterhin hilflos und allein.

Kapitel Zehn

Als aus den unregelmäßigen Atemzügen in der Finsternis ein regelmäßiges leises Zischen wurde, stemmte sich Mike langsam auf den Ellbogen hoch. Der Rucksack war bereits geöffnet, und er griff hinein, suchte nach der Tüte, an die er seit Stunden dachte. Das lange, qualvolle Warten, während sich die anderen von einer Seite zur anderen drehten, hin und her wälzten. Aber jetzt schliefen sie endlich. Jetzt brauchte er keine Entdeckung mehr zu fürchten.

Dummerweise konnte er die Tüte nicht finden. Immer ungeduldiger grub die Hand im Inneren des Rucksacks, doch sie entdeckte nur einige schmutzige Hemden. Sonst nichts. Zorn flammte in Mike hoch, und er begann zum dritten Mal mit der Suche. War die Tüte aus dem Rucksack gerutscht? Hatte sie jemand genommen?

Dann fiel es ihm plötzlich ein, und er ballte unwillkürlich die Fäuste. Er hatte die Kartoffelchips Geoff gegeben, ganz zu Anfang im Loch, vielleicht noch am ersten Abend. Eine Zeitlang lag er in der Dunkelheit, nach wie vor auf einen Ellbogen gestützt, und verfluchte sich lautlos. Der Gedanke an die Chips hatte ihn den Nachmittag überstehen lassen, die Vorstellung, wie sie schmeckten, wie sie sich in seinem Mund anfühlten … Wie dumm von ihm!

Etwas berührte ihn am Arm, und er erstarrte.

»Wer ist da?«

»Ich bin's, Liz«, lautete die geflüsterte Antwort. »Ich muß mit dir reden. Schaffst du es in den Raum hinter der Ecke, ohne jemanden zu wecken?«

»Ja, ich glaube schon.«

»Ich komme gleich nach.«

Mike tastete sich durch den Zugang und an der Wand

entlang bis zu der kleinen Kammer hinter der Toilette. Es dauerte nicht lange, bis ihm Liz folgte. Gemeinsam nahmen sie im Dunkeln Platz.

»Dies wird allmählich zu einer Angewohnheit«, hauchte Mike.

»Ich bin ziemlich sicher gewesen, daß du schläfst«, erwiderte Liz ebenso leise. »Und habe schon befürchtet, dich wecken zu müssen. Was hast du gemacht?«

»Ich dachte, in meinem Rucksack befände sich eine Tüte mit Kartoffelchips. Und ich wollte sie essen, wenn alle anderen schlafen. Verdammter Mist!« Mike strich sich mit der Hand über die Augen, die sich heiß und irgendwie spröde anfühlten. In der Finsternis erschienen immer wieder bunte Schlieren. »Ich weiß, wie das klingt, aber ... Himmel, ich konnte an nichts anderes denken. Und dann erwartete mich eine Enttäuschung: Die Tüte existierte überhaupt nicht.«

»Oh.«

»Jetzt fühle ich mich deshalb hundsmiserabel. Und habe noch mehr Hunger. Und Durst.«

»Gewissensbisse sind unangebracht«, entgegnete Liz. »Ich halte solche Überlegungen für völlig normal. Ich schätze, auch den anderen gehen egoistische Gedanken durch den Kopf.«

»Dir nicht«, sagte Mike. »Du bist viel zu perfekt.«

»Von wegen«, widersprach Liz. »Hier.« Sie griff nach seinem Arm und reichte ihm etwas – eine Flasche.

»Was ist das?«

»Wasser. Du kannst die Hälfte davon trinken. Und sei unbesorgt: Die anderen wissen nichts davon.«

Mike trank gierig. Er mußte sich zwingen, die Flasche sinken zu lassen, bevor sie ganz leer war. »Himmel, es ist erstaunlich! Ich kann das Wasser *riechen*. Und es schmeckt wundervoll. Woher hast du es?«

»Eine ganz persönliche Reserve«, erklärte Liz. »Ich hatte sie die ganze Zeit über. Gibst du mir die Flasche? Ich möchte ebenfalls etwas trinken.«

»Oh, ja, natürlich.« Es kam Agonie gleich, sich von dem Rest Wasser zu trennen.

»Schon besser«, seufzte Liz, nachdem sie getrunken hatte.

»Wieso hast du den Inhalt der Flasche mit mir geteilt?« fragte Mike.

»Wie bitte?«

»Ich meine, wenn sich wirklich eine Tüte mit Chips in meinem Rucksack befunden hätte ... Vermutlich wäre ich nicht bereit gewesen, jemandem etwas abzugeben.«

»Schon gut.« Liz zögerte kurz. »Wir sind Freunde, oder?«

»Sind wir das?«

»Ich glaube schon.«

»Nun, ich glaub's auch«, sagte Mike.

»Und wir brauchen einander«, fügte Liz leise hinzu. »Diese Sache ist noch nicht überstanden.«

»Können wir sie überstehen?« fragte Mike. »Ich habe darüber nachgedacht. Wir sitzen hier drin fest. Martyn wird nicht kommen, um die Tür zu öffnen, und das bedeutet: Wir sind zum Tod verurteilt.«

»Ja, ich weiß. Aber ... Die ganze Zeit über finde ich mehr heraus. Vielleicht habe ich etwas sehr Wichtiges entdeckt. Und du hast mir dabei geholfen.«

»Wobei?«

»Erinnerst du dich daran, wie wir die Sache mit dem Wasser herausgefunden haben?«

»Ja. Ich erinnere mich viel zu gut daran.«

»Ich sah die nächste Phase im Loch voraus. Und ich erwähnte dir gegenüber, daß mich eine meiner eigenen Bemerkungen auf den Gedanken brachte.«

»He, ich glaube, ich weiß was ...«, sagte Mike.

»Wart ab und hör gut zu. Ich habe mir alles gründlich durch den Kopf gehen lassen. In der einen Minute spreche ich davon, daß wir auch ohne Nahrung wochenlang überleben können – und kurz darauf wird das Wasser abgedreht. Erscheint dir das nicht seltsam?«

»Wenn Martyn das ohnehin plante, so spielt es kaum eine Rolle, daß du ihm kurz vorher auf die Schliche gekommen bist«, erwiderte Mike. »Er hätte ohnehin dafür gesorgt, daß kein Wasser mehr aus dem Hahn fließt.«

»Hm«, murmelte Liz. »Das wäre durchaus möglich. Andererseits ... Du hast etwas gesagt. Du meintest, das Schlüsselloch hätte dir zugezwinkert. Damals hörte ich nur mit halbem Ohr hin, aber eins steht fest: Solche Worte sind zumindest seltsam. Was genau hast du gesehen?«

Mike rutschte ein wenig zur Seite und fühlte sich verlegen. »Ich war halb eingeschlafen. Und bestimmt hatte es überhaupt keine Bedeutung.«

»Was hast du gesehen?« wiederholte Liz.

»Ich ... Himmel, es hört sich blöd an. Der graue Stern verschwand kurz und kehrte dann zurück. Ich dachte dabei an ein zwinkerndes Auge.«

»Vielleicht hat irgend etwas für kurze Zeit verhindert, daß Licht durchs Schlüsselloch fiel.«

»Ja.«

»Zum Beispiel jemand, der an der Tür vorbeiging?«

Mike schwieg, und hinter seiner Stirn herrschte plötzlich ein Chaos aus wilden Vermutungen. »Ja. Das wäre möglich. Aber ...«

»Ich glaube, es war Martyn. Nein, ich glaube es nicht nur – ich bin mir sicher.«

»Mein Gott«, brachte Mike hervor. »Er muß eine Art Ungeheuer sein. Stattet er uns heimliche Besuche ab? Steht er dort oben gelegentlich hinter der Tür?«

»Darum geht's«, sagte Liz. »Das habe ich herausgefunden. Ich weise darauf hin, daß uns wenigstens genug Wasser zur Verfügung steht, daß wir damit recht lange überleben können – und schon wird's abgedreht. Ursache und Wirkung.«

»Worauf willst du hinaus?« Mike versuchte, nicht den Faden zu verlieren. Er stellte sich Liz' Gesicht in der Finsternis vor, und in seiner Phantasie formten ihre Lippen ein aufgeregtes Lächeln.

»Er hört uns, Mikey. *Darauf* will ich hinaus. Martyn hört uns.«

»Auch jetzt?« flüsterte Mike erschrocken.

»Das bezweifle ich. Wahrscheinlich kann er uns nur im Hauptraum belauschen.«

»Soll das heißen, er preßt oben das Ohr an die Tür?« fragte Mike.

»Sei nicht dumm«, antwortete Liz geistesabwesend. »Natürlich nicht. Er muß in der großen weiten Welt präsent sein und gesehen werden. Denk mal nach: Er hat die Sache mit dem Loch vorbereitet; dies alles ist sein Werk. Bestimmt möchte er wissen, wie sich die Dinge hier entwickeln, was sich abspielt und so. Sicher will er erfahren, wer zuerst überschnappt, ob einer von uns jemand anderen umbringt, bevor er selbst stirbt, wer am längsten durchhält und warum. Ich bezweifle, daß er uns einfach ignoriert. Wir sind zu wichtig für ihn.«

»Und er kann uns hören?«

Liz atmete tief durch. »Ich glaube, der Hauptraum ist verwanzt? Lautet so der richtige Ausdruck? Wie auch immer: Martyn hat ihn so vorbereitet, daß er unsere Gespräche dort mithören kann. Was du gesehen hast, das ›zwinkernde‹ Schlüsselloch ... Ich nehme an, es kam jemand, um die letzte Aufzeichnung abzuholen. Mit ziemlicher Sicherheit war das Martyn höchstpersönlich. Ich halte es für sehr unwahrscheinlich, daß er sich von einem Eingeweihten helfen läßt. Was meinst du?«

»Er wird es nicht riskieren, jemanden ins Vertrauen zu ziehen«, sagte Mike. Er konnte es kaum fassen. »Offenbar hast du tatsächlich sehr gründlich nachgedacht.«

»Nicht nur das«, fuhr Liz fort. »Ich habe auch mit einem Test begonnen. Heute Nachmittag. Bald wird sich herausstellen, ob ich recht habe oder mir alles nur einbilde.«

»Ein Test? Worin besteht er?«

»Ich gehe davon aus, daß Martyn sauer auf mich ist«, erklärte Liz. »Aus seinem Blickwinkel gesehen habe ich alles verpatzt. Oder vielleicht hält er mich für interessant.

Wie dem auch sei: Das mit dem Wasser und den Flaschen hat bestimmt seine Aufmerksamkeit geweckt. Und heute Nachmittag wies ich darauf hin, daß wir zu essen, zu trinken und Licht haben. Wenn Martyn zuhört: Worauf werden wir bald verzichten müssen?«

»Auf das Licht«, sagte Mike.

»Genau. Das glaube ich ebenfalls. Wenn morgen im Verlauf des Tages plötzlich das Licht ausgeht – dann wissen wir, daß Martyn uns belauscht.«

»Es ist nicht sehr angenehm, dauernd im Dunkeln zu sitzen«, ließ sich Mike skeptisch vernehmen.

»Auch ich bin nicht gerade versessen darauf. Aber die Finsternis bringt uns nicht um. Und wenn es passiert, so haben wir einen Beweis dafür, daß er dort oben ist.«

»Wie verhalten wir uns dann? Bitten wir ihn, die Tür zu öffnen? Flehen wir um unser Leben?«

Eine kurze Pause. »Hätte das einen Sinn?« erwiderte Liz schließlich.

Mike überlegte. »Nein«, sagte er. »Nicht bei Martyn.«

»Nicht bei Martyn«, bestätigte Liz. »Nun, wir haben keine andere Wahl, als zunächst abzuwarten. Wenn wir wissen, daß er zuhört – dann lassen wir uns etwas einfallen.«

»Denkst du darüber nach?« fragte Mike.

»Natürlich. Und ich rate dir, meinem Beispiel zu folgen.«

»Ja.«

»Es gibt einen Ausweg«, sagte Liz wie zu sich selbst. »Ich bin ganz sicher. Wir müssen ihn nur finden.«

Ich sitze da und halte die Kassette ganz fest. Es wäre so einfach, den kleinen Gegenstand zu nehmen und ihn ins Feuer zu werfen, auf daß ihn Flammen verzehren. Ein wenig Druck würde genügen, um den Kunststoff splittern zu lassen, um das dünne Magnetband zu zerfetzen. Aber damit kann man nicht die darauf gespeicherte Geschichte auslöschen – sie ist tatsächlich geschehen und von tatsächlich existierenden Personen erlebt worden.

Stumm lege ich die Kassette zu den anderen. Es ist noch zu früh, sich davon zu trennen. Tief in mir spüre ich die Versuchung, jetzt aufzuhören, denn nun kommt der schlimmste Teil. Aber der schlimmste Teil enthält auch das Beste, und die Geschichte *muß* erzählt werden.

Für Mike war die Nacht sehr lang, und er schlief unruhig. Immer wieder suchten ihn alptraumhafte Visionen heim, die er kaum von den Bildern normaler Träume unterscheiden konnte. Wenn ihm das Unterbewußtsein vorgaukelte, in den Sonnenschein zu treten und herrlich frische Luft zu atmen. Angesichts der besonderen Umstände konnte es sich dabei nur um einen Alptraum handeln. Ein Teil von ihm haßte Liz, weil sie vage Hoffnung weckte, obwohl er sich gerade mit dem Tod abgefunden hatte. Dieser Gedanke erschien ihm fremd – er erinnerte sich nicht daran, jemals auf eine derartige Weise daran gedacht zu haben. Das Sterben, das Ende der eigenen Existenz ... Jetzt trennten ihn nicht mehr Jahrzehnte davon, sondern nur wenige Tage. Manchmal, des Nachts, flüsterten Stimmen, die nicht aus dem Loch zu stammen schienen. Mike fand es immer unerträglicher. Einerseits wollte er nicht, daß die Dunkelheit auch den Tag vereinnahmte, doch andererseits wünschte er sich ein Erlöschen des Lichts: Wenn Liz recht hatte, so gab es vielleicht noch eine kleine Chance für sie.

Irgendwann ging die Nacht zu Ende. Mike lag wach, schon seit Stunden, wie er glaubte. Der graue Stern weit oben glühte matt und müde, aber gleichmäßig.

Die anderen erwachten allmählich, und Geoff schaltete das Licht ein. Mike hatte fast damit gerechnet, daß es dunkel blieb; die jähe Helligkeit blendete und überraschte ihn. Er sah kurz zu Liz hinüber, und die nackte Glühbirne spiegelte sich in ihren Augen wider, die nun tief in den Höhlen lagen.

Mike musterte seine Gefährten und spürte dabei so etwas wie Mitleid. Ihre Gesichter waren grau und eingefallen. Einige schlimm aussehende Pickel zierten Alex' Stirn.

Der normalerweise recht kräftig wirkende Geoff lehnte in einer Ecke und schien kaum mehr fähig zu sein, den Kopf zu heben. Mike verglich den Anblick mit einer herzlosen Parodie auf Penner oder Straßenkinder, und er fragte sich, wie lange sie noch überleben mochten, wenn es keinen Ausweg gab. Die Flaschen an der einen Wand sahen gut und beruhigend aus – bis man die vollen von ihnen zählte. Weniger als ein Drittel. Eine Person hätte vielleicht Grund gehabt, weiterhin zu hoffen. Aber fünf?

»Ich möchte mir die Zähne putzen«, sagte Frankie. »Der Geschmack in meinem Mund ist schrecklich.«

»Unmöglich«, erwiderte Alex. »Wir dürfen kein Wasser verschwenden.«

»Ich muß mal.« Geoff stand auf.

»Wann kommen wir hier raus?« fragte Frankie. »Liz? Wann kommen wir hier raus?«

Liz antwortete nicht.

»Erinnerst du dich daran?« fragte ich.

»Ja, ganz deutlich.« Er lächelte. »Du hast mir Angst eingejagt.«

»Ja, ich weiß. In gewisser Weise hatte ich Angst vor mir selbst. Es gehörte alles dazu.«

»Manchmal weckst du noch heute Furcht in mir.«

Das verwirrte mich. »Wieso?«

»Nun, ich sehe dich jetzt als ganz normale Person. Alle sehen dich so. Aber da stimmt was nicht, oder? Ich meine, im Loch hast du dich uns von einer völlig anderen Seite gezeigt.«

»Wir alle lernten neue Aspekte unseres Wesens kennen«, pflichtete ich ihm bei. »Dafür kannst du Martyn danken, wenn du möchtest.«

»Nein, lieber nicht.« Er verzog das Gesicht. »Nein, ich glaube nicht, daß ich Martyn für irgend etwas Dankbarkeit schulde.«

»Weißt du was?«

»Was denn?«

»Ohne Martyn säßen wir hier nicht zusammen. Ohne ihn beschritten wir zwei verschiedene Wege.«

»Oder auch nicht«, wandte er ein. »Vielleicht hätten wir an der Schule so oder so zueinander gefunden.«

»Oh, das bezweifle ich«, sagte ich und lächelte. »Das Mädchen war viel zu seltsam und hochnäsig.«

»Und der Junge viel zu unreif und dumm.«

»Ja, genau.« Wir lachten. »Also sind wir Martyn zumindest in dieser Hinsicht zu Dank verpflichtet.«

»Meinetwegen. Danke, Martyn.«

»Paß auf«, warnte ich ihn. »Ich bin unberechenbar.«

»Ich liebe deine Unberechenbarkeit«, erwiderte er.

Es passierte gegen Mittag.

»Wann essen wir?« fragte Alex.

Mike sah sie an. »Wie geht es dir?«

»Besser. Ich fühle mich, als sei überhaupt nichts in mir drin. Nun, das dürfte tatsächlich der Fall sein.« Sie lächelte schief. »Irgendwie ist mir alles egal.«

»Hier«, sagte Liz. »Iß was.« Sie war auf halbem Weg zum kümmerlichen Rest an Lebensmitteln, als es leise kratzte oder klickte – und von einem Augenblick zum anderen herrschte Finsternis im Loch.

»Wer hat das Licht ausgeschaltet?« fragte Alex unsicher. »Geoff? Schalt es wieder ein.«

»Ich bin's nicht gewesen«, entgegnete Geoff. Sie hörten, wie er mehrmals den Schalter betätigte, ohne daß etwas geschah. »Das verdammte Ding funktioniert nicht mehr. O Mann, ist ja großartig.« Er atmete tief durch, und es klang fast wie ein Schluchzen. »Wirklich großartig. Ich sehe überhaupt nichts mehr.«

»Niemand sieht was«, sagte Liz. Mike wußte nicht, ob er es sich nur einbildete: Er glaubte, einen Hauch Triumph in ihrer Stimme zu hören.

»Ist die Glühbirne durchgebrannt?« erkundigte sich Frankie. Sie schien der Hysterie nahe zu sein.

»Reiß dich zusammen«, kam es schroff von Mikes Lippen. »Natürlich ist die Birne durchgebrannt. Was dachtest du denn?«

»Oh.«

»Ich glaube das einfach nicht«, murmelte Alex. »Wie ein Alptraum, der einfach nicht aufhört. Eine Katastrophe nach der anderen.«

»Wir essen in jedem Fall«, sagte Liz. »Es ist nur eine durchgebrannte Glühbirne, weiter nichts. Wenn die Patrone des Kochers noch etwas Gas enthält. Die Flamme bringt uns Licht. Zumindest während wir essen.«

»Na schön«, brummte Geoff. »Ich habe irgendwo Streichhölzer. Hier.«

Sie entzündeten das Gas, und eine kleine blaue Flamme vertrieb einen Teil der Dunkelheit aus dem Raum. Es war fast ein Uhr – wieder wurden Rationen verteilt. Mikes Hunger schien seltsamerweise ein wenig nachgelassen zu haben. Er teilte Alex' Empfindungen von Leere: Irgendwo im Bauch brannte etwas, aber es fiel ihm immer leichter, dieses Gefühl beiseite zu schieben, es aus seiner bewußten Aufmerksamkeit zu verdrängen. Seltsam. Es war fast so, als trenne sich der Geist vom Körper. Mike begrüßte diese neue Entwicklung in seinem persönlichen Wahrnehmungskosmos; der Hunger hatte ihn enorm belastet.

Die Luft im Loch wurde ständig schlechter. Der Gestank aus der Toilette dehnte sich auch in den Hauptraum aus.

Sie aßen die jämmerlichen Portionen und tranken ein wenig warmes Wasser. Mike stellte verblüfft fest, daß er sich eigentlich gar nicht darum scherte, was man ihm gab. Doch aß er natürlich – immerhin wußte er, daß der Leib Nährstoffe brauchte.

Nach einer Weile drehten sie das Gas ab, und die Flamme erlosch.

»Es ist dunkel«, stöhnte Frankie.

»Was ist los mit ihr?« fragte Geoff. »Himmel, ich halte das nicht mehr lange aus. *Natürlich* ist es dunkel, du dumme Kuh! Weil kein Licht brennt. Kapiert?«

»Der Vorschlag stammte nicht von mir«, stieß Frankie plötzlich hervor. »Es war nicht meine Idee, diesen Keller aufzusuchen. Ich habe nie gesagt, daß ich es wollte. Ich könnte jetzt zu Hause sein. Ja, ich könnte jetzt zu Hause sein und essen, wonach mir der Sinn steht, verstanden?« Mike hörte, wie Liz aufstand. »Es war nicht meine Idee!« rief Frankie. »Warum habt ihr mich mitgenommen?« Ihre Stimme wurde immer lauter und schriller; sie heulte regelrecht. Etwas klatschte – eine Ohrfeige? –, und dann splitterte Glas.

»Sei still«, sagte Liz. »Beruhige dich. Nimm endlich Vernunft an.« Das Klatschen wiederholte sich, und Frankie schluchzte leise.

»So ein Mist.« Liz schaltete ihre Taschenlampe ein, und wieder kroch die Schwärze zwei oder drei Meter weit zurück. Die Gesichter der jungen Leute im Loch schienen im Nichts zu schweben. »Du hast eine der Wasserflaschen zerbrochen«, fügte Liz hinzu. »Darauf kannst du wirklich stolz sein.«

Frankies Gesicht war kalkweiß – bis auf einen roten Fleck dort, wo Liz' Hand sie getroffen hatte. Die anderen starrten sie an und blickten dann entsetzt auf die zerbrochene Flasche und eine größer werdende Wasserlache.

»Mich hat noch *nie* jemand geschlagen«, begann Frankie. Bevor sie ein weiteres Wort formulieren konnte, bekam sie eine dritte Ohrfeige von Liz. Das Geräusch kam einem akustischen Ausrufezeichen gleich.

»Vielleicht hätte man viel früher damit anfangen sollen«, erwiderte Liz. »Und jetzt setz dich.«

Die Stimme brachte eine Autorität zum Ausdruck, die nicht in Frage gestellt werden konnte. Frankie zögerte, sah sich um und musterte ihre Leidensgefährten. Einige Sekunden lang schien sie mit sich selbst zu ringen und etwas sagen zu wollen. Doch dann schwieg sie und nahm abrupt Platz. Mike sah Liz verwundert an und fragte sich, was über sie gekommen sein mochte. Nie zuvor hatte er erlebt, daß sie sich so verhielt und mit einem derartigen Nachdruck sprach. Handelte es sich vielleicht um die ersten Anzeichen dafür, daß sie langsam den Verstand verlor?

»Ich habe genug davon«, fuhr Liz fort. »Die ganze Zeit über mußte ich euch trösten, euch erläutern, worauf es ankommt, eure Schweinereien wegwischen und euch immer wieder sagen, daß alles gut wird. Verdammt, ich habe es satt.« Sie drehte sich ruckartig um, ging zu den Wasserflaschen und schob die Glasscherben mit dem Fuß zu einem kleinen feuchten Haufen zusammen.

»Ihr führt euch wie verzogene Kinder auf«, fügte Liz hinzu. »Seid ihr denn überhaupt nicht fähig, eure Probleme selbst zu lösen?«

Betroffenes Schweigen folgte.

»So einfach ist das nicht«, sagte Mike. »Falls du es noch nicht bemerkt haben solltest: Wir sind hier drin eingeschlossen. Ich glaube, wir sitzen hier fest. Martyn beabsichtigt gar nicht, die Tür zu öffnen, oder?«

Liz kehrte ihm den Rücken zu.

»Natürlich beabsichtigt Martyn nicht, die Tür für uns zu öffnen«, sagte sie kühl und ging zu ihrem Schlafsack. Auf dem Weg dorthin glitt ihr Blick zu Mike, und daraufhin war er einmal mehr erstaunt: Er glaubte zu erkennen, wie ihm Liz kurz zuzwinkerte.

Kapitel Elf

Der Nachmittag war noch schlimmer. Stinkende Dunkelheit umhüllte Mike, und er stellte fest, daß sich seine Gedanken immer häufiger vom Loch entfernten. Ein Teil seines Selbst floh in eine Art Traumland, wo schließlich alles gut ausging. Licht war eine so fundamentale Selbstverständlichkeit, daß sein Fehlen langsam wachsendes Entsetzen brachte.

Wenn er klarer denken konnte, fragte er sich oft, ob Liz nach einem gut ausgearbeiteten Plan vorging. Er fand keinen Grund für ihren Zornesausbruch, und einige ihrer Bemerkungen blieben ihm schleierhaft. Worauf wollte sie hinaus? Sie hatte ihm zugezwinkert und damit ein Zeichen gegeben, aber es gelang ihm einfach nicht, es zu entschlüsseln, seine Bedeutung zu enträtseln.

»Es ist dunkel«, sagte Frankie.

»Plemplem«, ließ sich Geoff vernehmen. »Ausgerastet. Ein hoffnungsloser Fall. Sei endlich still, Frankie.«

»Sie hat Angst«, meinte Alex. »Wie wir alle.«

»Ich will nicht sterben«, sagte Frankie.

»Es kommt alles in Ordnung«, versicherte ihr Alex. »Du wirst sehen: Es kommt alles in Ordnung.«

»Können wir nicht damit aufhören, uns Illusionen hinzugeben?« fragte Geoff.

Unbehagen durchflutete Mike, denn er wußte: Martyn hörte früher oder später jedes in diesem Raum gesprochene Wort. Erklärte das Liz' neues Verhaltensmuster? Aber warum hatte sie Frankies Hysterie zum Anlaß genommen, so heftige Vorwürfe gegen sie alle zu richten? Was auch immer dahinterstecken mochte: Mike wollte Bescheid wissen. Wenn auch nur zu dem Zweck, um eigene Fehler zu vermeiden. Vorsichtig begann er damit, sich in jene Richtung zu schieben, wo er Liz vermutete.

»Es hat keinen Sinn, so zu tun, als käme alles in Ordnung«, sagte Geoff. »Wir wissen, daß wir uns damit etwas vormachen.«

»Was bleibt uns denn übrig?« fragte Alex. »Vielleicht sollten wir beten.«

»Soll das ein Witz sein?«

»Mach doch, was du willst. Fest steht: Du kannst uns nicht nach draußen bringen. Dazu bist du ebensowenig imstande wie ich. Wir sind vollkommen hilflos.«

»Jemand holt uns hier heraus«, sagte Frankie.

Mike tastete über den Rand von Liz' Schlafsack, beugte sich langsam vor und berührte ihren Arm. Sie gab keinen Ton von sich, aber sofort spürte er, wie sie etwas näher kam.

»Was geht hier vor?« hauchte er so leise wie möglich.

»Ich wünschte, ich könnte mit meinen Eltern sprechen«, sagte Alex. »Ich möchte ihnen so viel sagen – für den Fall, daß ich sie nie wiedersehe.«

»Vertrau mir«, flüsterte Liz. »Ich hoffe, es klappt.«

»Meinen Eltern ist alles völlig egal«, sagte Frankie, und Mike hörte überrascht einen Teil der alten Festigkeit in ihrer Stimme. »Wenn ihnen etwas an mir läge, wären sie längst gekommen, um mich hier herauszuholen. Aber ich bin ihnen schnuppe.«

»Sie wissen doch gar nicht, wo wir sind«, wandte Alex ein. »Niemand weiß etwas davon. Vielleicht ... vielleicht sollten wir etwas aufschreiben. Nur für den Fall.«

»Für welchen Fall?« knurrte Geoff.

»Hör auf«, sagte Alex leise. »Ich fühle mich nicht gut, Geoff. Das sollte selbst dir klar sein. Und ich glaube nicht, daß ich ... daß ich noch lange durchhalte. Und deshalb bitte ich dich, es mir nicht noch schwerer zu machen.«

Liz' Stimme ertönte in der Finsternis. »Hör auf zu jammern.«

»Liz ...«, begann Mike.

»Nein. Sag mir bloß nicht, daß ich Rücksicht auf sie nehmen soll. Meine Güte, sie mußte für einige Tage auf ihr normales Essen verzichten. Das ist alles. Und sofort glaubt sie, daß ihr der Tod droht.«

»Heute mittag ging es ihr nicht sonderlich gut«, erwiderte Mike und hoffte inständig, daß er die richtigen Worte sagte.

»Das gilt auch für dich«, stellte Liz knapp fest. »Aber du weist nicht dauernd darauf hin.«

»Sei still«, platzte es aus Geoff heraus. »Das brauchen wir uns von dir nicht gefallen zu lassen.«

»Es war wirklich interessant«, fuhr Liz fort. »Was für eine lehrreiche Erfahrung, hier einige Tage mit euch zu verbringen. Wer hätte gedacht, daß ihr so leicht aufgebt.«

»Uns bleibt doch gar nichts anders übrig!« rief Mike. Offenbar verschaffte sich auch ein Teil seiner echten Verzweiflung Luft, denn Liz unterbrach ihn nicht. »Es gibt keine Möglichkeit für uns, den Keller zu verlassen. Wir sind hier gefangen. Und wir können auch nicht damit rechnen, daß uns jemand durch Zufall findet. Dieser Ort hier geriet schon vor vielen Jahren in Vergessenheit.«

»Oh, da hast du recht.« Liz' Stimme klang fast mitleidig. »Der Keller hier ist praktisch ein Kerker. In dieser Hinsicht hat Martyn zweifellos eine gute Wahl getroffen. Ja, eine sehr gute Wahl. Aber er ist nicht perfekt – ihm unterlief ein Fehler.«

»Wie bitte?« fragte Geoff mit echtem Interesse.

»Bevor ich es erkläre, vertreiben wir uns ein wenig die Zeit, indem wir die Frage erörtern, warum wir hier sind.«

»Ich fasse es nicht«, warf Alex ein. »Müssen wir das noch einmal durchkauen?«

»Warte«, sagte Mike. »Ich möchte es hören.«

»Martyn sprach von einem Experiment mit dem wirklichen Leben«, erinnerte sich Geoff. »Das war natürlich Blödsinn.«

»Wie klug von dir, das jetzt zu erkennen«, spottete Liz. »Aber wenn es sich ganz offensichtlich um Blödsinn handelte – warum bist du dann einfach so darauf hereingefallen?«

»Red nicht in diesem Ton mit mir«, sagte Geoff. »Denk dran: Du steckst ebenfalls hier drin. Du sitzt ebenso im Loch fest wie wir.«

»Aber es gibt einen Unterschied«, hielt ihm Liz kühl entgegen. »Ihr habt nicht die geringste Ahnung, was los ist. Mike hätte die Spülung betätigt und das Wasser im Kasten vergeudet, wenn er nicht von mir daran gehindert worden wäre. Frankie bekam einen Koller und zerbrach eine Flasche. Alex glaubt, daß sie stirbt. Und du, Geoff ... Du versuchst noch immer, dir selbst Bedeutung zu geben, indem du über andere Leute lästerst.«

»Zum Teufel mit dir«, knurrte Geoff, und Mike hörte, wie er aufstand. »Du hältst dich für unglaublich cool, wie? Aber da irrst du dich. Deine Situation ist nicht besser als unsere. Und weißt du was? Ich freue mich darüber. Ja, ich bin froh, daß es dir genauso ergeht wie uns. Früher oder später drehst auch du durch. Und ich bin fest entschlossen, lange genug zu überleben, um dich schreien zu hören. Hast du verstanden?«

»Das dürfte recht interessant werden«, entgegnete Liz gelassen. »Hoffentlich verlierst du beim Warten nicht die Geduld.«

»Miststück!« rief er, und es folgten die typischen Geräusche einer Rauferei. Mike erhob sich und trat einige Schritte vor, aber Liz war nicht dort, wo er sie vermutete.

Ihre ein wenig atemlos klingende Stimme kam aus einem anderen Teil des Raums.

»Du solltest mich nicht schlagen«, sagte sie. »Das macht sicher keinen guten Eindruck in den Zeitungen. Verhalte dich wie ein Gentleman – dann bekommt dein kleines Ego die ersehnte Anerkennung.«

»Was faselst du da?« rief Geoff und blieb stehen. Mike vernahm den eigenen Herzschlag als dröhnendes Pochen in den Ohren.

»Niemand von uns wird sterben«, sagte Liz verächtlich. »Morgen um elf Uhr verlassen wir den Keller. Obwohl *du* das nicht verdient hast.«

»Was faselst du da?« wiederholte Geoff. Jetzt flüsterte er fast.

»Ich habe das Gefühl, mit Tieren eingesperrt gewesen zu sein«, fuhr Liz fort. »Denk daran: Ohne mich wärst du hier drin abgekratzt.«

»Was soll das heißen?« fragte Mike. »Morgen um elf verlassen wir den Keller? Wie meinst du das?«

»Martyn ist gerissen, aber ihm unterlief ein schwerer Fehler, als er auch mich hier drin einsperrte«, sagte Liz. »Ich habe gewisse Vorsichtsmaßnahmen ergriffen. Nicht wir sitzen in der Falle, sondern Martyn.«

»Ich verstehe kein Wort.«

»Es ging mir nicht nur darum, aus dem Loch zu entkommen.« Liz sprach nun in einem nachdenklichen Tonfall. »Nein, ich wollte auch Martyn festnageln. Ich wollte dafür sorgen, daß man ihn hinter Schloß und Riegel steckt. Oder in eine Gummizelle. Er ist jetzt da draußen und führt ein ganz normales Leben, während wir hier drin verhungern. So verhält sich niemand, der noch alle seine Sinne beisammen hat.«

»Aber niemand *weiß* von uns«, wandte Mike mit wachsender Verwirrung ein.

»Da täuschst du dich«, sagte Liz. »Ebenso wie Martyn.«

Gespenstische Stille herrschte.

»Jemand weiß, daß wir hier sind?« vergewisserte sich Alex. »Wer?«

»Glaubt ihr im Ernst, ich ließe mich auf so etwas ein, ohne irgendwelche Vorsichtsmaßnahmen zu treffen?« Liz lachte. »O nein. Natürlich weiß jemand von uns. Morgen um elf verlassen wir den Keller. Und dann geht's Martyn an den Kragen. Dann steht sein Wort gegen unseres. Diesmal gibt es keine Ausflüchte für ihn. In diesem Fall kann er sich nicht irgendwie herausreden.«

»Lieber Himmel! ... Woher hast du gewußt, was uns hier erwartet?« brachte Mike voller Ehrfurcht hervor.

»Ich glaube, zwischen Martyn und mir gibt es mehr Gemeinsamkeiten, als du ahnst«, sagte Liz ruhig. »Für mich war alles ganz klar. Und ich verstehe auch, weshalb unserem ›Freund‹ dort draußen ein solcher Fehler unterlief: Wenn alle so naiv sind wie ihr … Unter solchen Voraussetzungen konnte mit dem Loch kaum was schiefgehen. Aber wie ich schon sagte: Ihm unterlief ein Fehler.«

»Moment mal«, warf Geoff ein. »Willst du uns etwa sagen, daß überhaupt keine Gefahr besteht? Daß wir morgen hier raus können?«

»Muß ich mich etwa noch deutlicher ausdrücken?« erwiderte Liz.

»Und du hast es die ganze Zeit über gewußt«, sagte Geoff langsam.

»Meine Güte!« entfuhr es Mike. »Warum hast du uns nicht darauf hingewiesen?«

Liz seufzte. »Um ganz ehrlich zu sein: Ich war an euren Reaktionen interessiert. Und sie sind alles andere als beeindruckend.«

»Das ist ungeheuerlich«, hauchte Mike.

»Versuch bloß nicht, deine Maßstäbe bei mir anzulegen«, entgegnete Liz scharf. »Sei dankbar dafür, daß du diese Sache lebend überstehst. Ohne jemanden, der für dich denkt, wärst du hier vor die Hunde gegangen.« Sie lachte leise und höhnisch. »Martyn wird es bitter bereuen, mir einen derartigen Streich gespielt zu haben.«

»Ich kann es noch immer nicht glauben«, sagte Alex wie zu sich selbst. »Wir kommen wirklich hier raus? Morgen haben wir alles überstanden?«

»Ich wußte es.« Das war Frankies leise Stimme. »Ich wußte, daß wir nicht sterben müssen.«

Liz schaltete ihre Taschenlampe ein. »Was den Rest unseres Proviants betrifft … Wir brauchen jetzt nichts mehr aufzuheben.« Der matte Lichtstrahl glitt über einige Lebensmittel und die Wasserflaschen.

»Wir können essen?« murmelte Mike fassungslos. »Wir können wirklich essen? Bist du sicher?« Er sah Liz an, und sein Blick wiederholte die letzte Frage, verlieh ihr zusätzliche Bedeutung.

»Das habe ich doch gesagt, oder?« Liz wandte sich ab und nickte dabei kaum merklich. Mike biß sich auf die Lippe. Jetzt verstand er: Es war ein Bluff. Ein großer, gefährlicher Bluff. Aber er mußte überzeugend wirken. Ihnen blieb gar nichts anderes übrig, als alles auf eine Karte zu setzen. Ein Teil der Verblüffung haftete an seinem Denken und Empfinden fest, als er sich den anderen hinzugesellte, am allgemeinen Gerangel um Essen und Trinken teilnahm.

»Laßt etwas Wasser übrig«, meinte Liz, und einige Sekunden lang befürchtete Mike, daß sie ihren eigenen Plan mit zu viel Vorsicht ruinierte. Doch dann fügte sie hinzu: »Ich möchte mir morgen früh die Zähne putzen.« Er lächelte und trank.

»Es gibt noch immer etwas, das ich kaum glauben kann«, brummte Geoff.

»Ach? Und was?«

»Daß du uns nichts gesagt hast. Die ganze Zeit über hast du dein Wissen für dich behalten und selbstgefällig beobachtet, wie wir versuchten, uns mit dem Tod abzufinden. Unsere Sorgen und Ängste. Dir war von Anfang an klar, daß wir nicht im Loch sterben würden.«

»Manchmal seid ihr recht komisch gewesen«, sagte Liz. Von einem Augenblick zum anderen schlug Geoff zu. Liz' Kopf ruckte nach hinten, und wie in Zeitlupe hob sie die eine Hand zum Mund. Im matten Schein der Taschenlampe wirkte das Blut an ihrer Wange schwarz.

»Es ist mir völlig gleich, was du den Zeitungen erzählst.« Geoffs Stimme zeichnete sich durch eine seltsame Ruhe aus. »Du hast uns gegenüber Gott gespielt. Du bist nicht besser als Martyn.«

Es schmerzte natürlich. Alles. Ich wußte, daß es notwendig war, aber dadurch fiel es mir nicht leichter. Meine größte Sorge galt Mike: Auch für ihn mußte es sehr schwer sein, alles zu beobachten, ohne etwas zu verraten. Nun, manchmal zwingen einen die Umstände, gewisse Dinge zu ertragen.

Ich hatte einen genauen Zeitpunkt genannt und damit eine Frist gesetzt. Jetzt konnten wir nur noch warten, ob mein Plan funktionierte oder nicht. Diese Frage war jetzt noch wichtiger als vorher, denn es gab keine Lebensmittel mehr und nur noch wenig Wasser. Der Bluff erforderte ein derartiges Verhalten von uns. Trotz des Hungers gelang es mir nur mit Mühe, die Mahlzeit zu beenden. Wir verbrauchten den restlichen Proviant und gingen großzügig mit dem Wasser um, boten Martyn damit eine Art Trankopfer. Die Umstände verlangten, daß wir uns auf diese Weise verhielten. Wenn wir auch weiterhin sparsam mit den Vorräten umgegangen wären, hätte Martyn Anzeichen von Unsicherheit erkannt und uns durchschaut. Wir mußten Selbstsicherheit und Zuversicht demonstrieren. Und das fiel mir schwer.

Irgendwo über uns lauschte Martyn. Es kam darauf an, daß er das Gespräch hörte – ein Gespräch, das ihn mit einer Herausforderung konfrontierte. Wenn ihm bekannt gewesen wäre, daß wir von ihm wußten, dann hätte er den Bluff sofort als solchen identifiziert und nur mit den Schultern gezuckt. Aber wenn er absolut keinen Zweifel daran hegte, daß wir uns völlig von der Außenwelt isoliert wähnten – in diesem Fall gab es für mich nicht den geringsten Grund zu lügen. Darum ging's. Martyn mußte mir glauben. Was die übrigen Bemerkungen betraf, die darin zum Ausdruck kommende Arroganz … Vielleicht wurde er davon auf einer emotionalen Ebene berührt. Vielleicht löste meine vermeintliche Überheblichkeit eine Reaktion aus, die sich mit rationalen Argumenten nicht hätte bewirken lassen. Martyn sollte glauben, daß ihm selbst Gefahr drohte, und aus seiner Perspektive gesehen durfte es nur einen Ausweg geben: Er mußte die Tür des Lochs vor elf Uhr am nächsten Morgen öffnen und die mehrtägige Verspätung mit irgendwelchen Ausreden erklären. Nur so konnte er eine Anklage wegen versuchten Mordes vermeiden. Trotzdem: Tief in mir wuchs die Unsicherheit.

Ich saß auf dem Stuhl in seinem Zimmer, als er hereinkam. Er trug eine Plastiktüte, und sie schien leer zu sein. »Hallo«, sagte ich. Er meinte, es freue ihn, mich zu sehen, doch er wirkte irgendwie geistesabwesend. Ja, er erweckte einen nachdenklichen, sogar besorgten Eindruck. Er fragte mich, ob ich bereit sei, ein wenig zu warten. Ich wies darauf hin, daß ich eine wichtige Angelegenheit mit ihm besprechen wolle. Er antwortete, er müßte sich selbst um eine dringende Angelegenheit kümmern, die jedoch nur wenig Zeit in Anspruch nähme. Dann eilte er hinaus.

Ich war gekommen, um Schluß zu machen, um ihm mitzuteilen, daß mir nichts an einer Fortsetzung unserer Beziehung lag. Sicher keine leichte Sache. Aber ich hatte gründlich nachgedacht und mir passende Worte zurechtgelegt; jetzt brauchte ich nur noch seine Aufmerksamkeit, um alles auszusprechen.

Zwei Stunden lang blieb er fort. Die meiste Zeit über saß ich einfach nur da, wie ein braves Hündchen, das auf sein Herrchen wartete. Ich begriff, wie sehr ich mich daran gewöhnt hatte, von Martyn abhängig zu sein, und daraufhin kam ich mir wie eine Närrin vor. Nach einer Weile erhob ich mich und wanderte umher. Martyns Zimmer bot viel Platz – das Haus war groß –, aber es enthielt nur wenige Dinge. Ein Bett. Die meisten Jungen machen sich nicht die Mühe, ihr Bett in Ordnung zu bringen, doch er bildete eine Ausnahme. Ein Kleiderschrank. Ein Schreibtisch. Eine Kommode. Ein Läufer. Sonst kaum etwas. Nichts hing an den Wänden. Dieser Raum wies überhaupt keine Ähnlichkeit mit seinem Zimmer in der Schule auf. Ich meine die Kammer mit den vielen Pflanzen und dem ganzen Kram, mit den Schallplatten und Sitzkissen und so. Jenes Zimmer präsentierte den öffentlichen Martyn, den wir alle kannten; wobei ich glaube, daß es ihm selbst gar nicht gefiel. Wahrscheinlich hat er sich sehr bemüht, um seinem Arbeitszimmer ein solches Erscheinungsbild zu geben – es widersprach seiner Natur. In diesem Raum fehlte sogar ein Radio.

Schließlich dachte ich: He, das ist doch Blödsinn, ich kann hier nicht den ganzen Nachmittag verplempern. Also verließ ich das Zimmer, ging durch den Flur und rief nach Martyn. Doch eine Antwort blieb aus. Ich sah in einigen anderen Räumen nach, im Bad und in den Gästezimmern. Vielleicht ist er nach draußen gegangen, dachte ich. Das erschien mir seltsam, obwohl er eine Plastiktüte getragen hatte. Dann fand ich ihn. Er befand sich in einer Art Rumpelkammer am Ende des Korridors. Ich öffnete die Tür, und dort saß Martyn. Er sah auf. »Ich habe dich überall gesucht«, sagte ich. »Was machst du hier?«

»Nichts«, antwortete er. »Ich höre mir nur etwas an.« Ein Kopfhörer lag auf dem Boden, neben einem kleinen Recorder und einigen Kassetten. Ich betonte noch einmal, ich sei gekommen, um mit ihm über etwas zu reden. Plötzlich veränderte sich etwas zwischen uns. Ich meine, er schien zu ahnen, was ich ihm mitteilen wollte. Oder vielleicht war etwas Schlimmes passiert. So fühlte es sich an. Ich weiß nicht recht, wie ich es beschreiben soll. Praktisch von einem Augenblick zum anderen fürchtete ich mich vor Martyn. Er sah mich an und sagte: »Na schön, reden wir.« Einfach so. Es klang, als sei er gar nicht zwei Stunden lang fort gewesen. Wir kehrten in sein Zimmer zurück, und dort nahm ich Platz. Er ging auf und ab, rieb sich dabei die Hände. Ich weiß noch, daß ich den Anblick für komisch hielt. Nun, ich begann mit meinen Erklärungen und meinte: »Ich mag dich zwar, doch es kann mit uns nicht so weitergehen wie bisher.« Im Grunde genommen sind es belanglose Worte, aber jeder weiß sofort, was es damit auf sich hat. Schon nach kurzer Zeit spürte ich, daß er mir gar nicht zuhörte, daß er in Gedanken ganz woanders war.

Ich stand auf und trat vor ihn hin. He, ich rede mit dir, dachte ich. Er sah auf und starrte mich an, starrte mich so an wie noch nie zuvor. Aber ich achtete nicht darauf und setzte meinen Vortrag fort. »Das zwischen uns kann nicht von Dauer sein«, sagte ich und versuchte, meine Ansicht zu erläutern, damit er verstehen könne. Doch er packte mich an den Schultern und fragte: »Liebst du mich nicht?« Ich fand das überaus seltsam. »Ich mag dich«, erwiderte ich, »aber vielleicht wäre es besser, wenn wir uns trennen.« Ein sonderbarer Glanz zeigte sich in seinen Augen. »Du willst weg von mir?« fragte er, und ich entgegnete. »Zumindest für eine Weile.«

Und dann – dann hielt er mich so fest, daß es schmerzte. Ich wollte ihn bitten, mich loszulassen, aber irgend etwas in seinem

Gesicht vermittelte mir eine Botschaft: Wenn du ihn jetzt ansprichst, bringt er dich um. Jähe Angst erfaßte mich, und ich wußte überhaupt nicht mehr, was ich tun sollte. Vermutlich habe ich geschrien, denn er forderte mich auf, still zu sein. Und dann sagte er … Er sprach von – schrecklichen Dingen. Minutenlang. Ich hatte das Gefühl, der Stimme in einem Alptraum zuzuhören. An Einzelheiten erinnere ich mich nicht, weil ich viel zu erschrocken war. Er bringt dich um! dachte ich immer wieder. Ja, ich glaubte wirklich, daß er mich töten würde. Ich wußte es.

Er …

Ich betätigte die Stop-Taste des Kassettenrecorders. In gewisser Weise trug ich die Verantwortung dafür, was jenem Mädchen zugestoßen war. Mein Bluff im Loch hatte Martyn beeinflußt, übte eine so nachhaltige Wirkung auf ihn aus, daß Risse in seiner Maske entstanden und ein Teil seines wahren Wesens sichtbar wurde: Lisa hatte das wirkliche Gesicht Martyns gesehen. Ich schauderte, griff nach dem Kugelschreiber und hörte mir den Rest der Aufzeichnung an.

Er drückte mich nach unten, und ich fiel, nicht aufs Bett, sondern auf den Boden, oh, es tat weh, und er … er sagte, daß er mich liebe, aber er lachte dabei. Er hielt mich an den Boden gepreßt, und ich konnte mich nicht wehren. Ich rief, er solle mich loslassen, und ich versuchte zu schreien, er schob mir aber die Finger in den Mund, so daß ich nicht mehr imstande war, einen Laut von mir zu geben. Seine Hand verwandelte sich in eine Art Knebel, und mit der anderen zerrte er meine Hose nach unten. Ich biß ihn, als ich endlich begriff, daß all dies tatsächlich geschah. Es erschien mir so absurd, ich meine, ich biß ihm immer wieder in die Finger, und ich schmeckte Blut und schluckte es sogar, aber er zuckte nicht ein einziges Mal zusammen, er schien gar keinen Schmerz zu empfinden, und er drang in mich ein, ich trachtete danach, ihn fortzustoßen, aber er war viel stärker als ich. Ich glaubte, von ihm aufgerissen zu werden, und sein Blut klebte mir im Gesicht, ich hatte es auch in den Augen, aber trotzdem konnte ich ihn sehen.

Und dann hörte er auf und zog sich zurück, aber die Hand verharrte in meinem Mund, sorgte auch weiterhin dafür, daß ich still blieb. Ich bekam keine Luft mehr und würgte, und Martyn ließ noch immer nicht los, er meinte, wenn ich irgend jemandem *etwas verriete … Er würde mich überall finden, ganz gleich, wohin ich auch vor ihm flüchtete. Und ich glaubte ihm. Es war sein Ernst. Ich sah es in seinen Augen. Nie zuvor war ich so entsetzt.*

Und alles erschien so sinnlos. Zu jenem Zeitpunkt fühlte ich nur Schmerz, und vermutlich stand ich auch unter der Wirkung eines Schocks, ich weiß es nicht. Die Sinnlosigkeit … Er … er war nur für kurze Zeit in mir. Ich glaube, er kam nicht einmal. Ich meine, wahrscheinlich hatte er gar keinen richtigen Gefallen daran. Warum es also in die Länge ziehen? Himmel, warum tat er mir so etwas an? Er schien mich bestrafen zu wollen, für etwas, von dem ich überhaupt nichts wußte.

Ich höre ihre Stimme, und wieder kann ich die Tränen nicht zurückhalten.

Am Abend legten sie sich schlafen, und zum erstenmal seit einigen Tagen trugen sie keine Last aus Kummer und Sorgen.

»Morgen um elf Uhr«, sagte Frankie glücklich. »Es sind nur noch vierzehn Stunden.«

»Wenn du schläfst, geht die Zeit schneller vorbei«, erwiderte Alex. Ihre Stimme kündete noch immer von Schwäche, aber jetzt fehlte die Verzweiflung darin. Es kam zu einer seltsamen Veränderung der Situation: Zuvor hatte es nur für Mike und Liz Grund gegeben, zu hoffen; doch jetzt machte sich Unsicherheit in *ihnen* breit, entstanden aus dem Wissen, daß Leben und Tod von Erfolg oder Mißerfolg ihres Bluffs abhingen.

Nach und nach schliefen sie ein. Mike starrte in die Dunkelheit und wartete, bis er um sich herum nur noch regelmäßige Atemzüge hörte. Um ganz sicherzugehen, geduldete er sich noch ein wenig länger, bevor er aus dem Schlafsack kroch und zur kleinen Kammer schlich. Als er an der Toilette vorbeikam, hielt er den Atem an. Ein oder zwei Minuten später kam Liz.

»Du warst phantastisch«, flüsterte Mike. »Es klappt bestimmt. Es *muß* klappen.«

»Nun, es wird sich bald herausstellen, ob es funktioniert. Jetzt hängt alles von Martyn ab. Ich glaube, er fällt darauf herein. Er ist zu sehr von sich selbst überzeugt. Bestimmt hält er es für unmöglich, daß wir ihn von hier aus durchschaut haben, und deshalb muß er meine Worte für die Wahrheit halten.«

»Die anderen hassen dich«, flüsterte Mike unsicher.

»Es sind nur noch einige Stunden, wie Frankie sagte. Solange halte ich's aus.« Liz zögerte. »Mike?«

»Ja?«

»Glaubst du, wir kommen wirklich hier raus?«

»Ja, das glaube ich. Du hast eine echt gute Show abgezogen.«

»Geoff hat mir dabei geholfen.«

»Indem er dich schlug? Ich wußte nicht, wie ich mich verhalten sollte.«

»Deine Passivität war genau richtig«, sagte Liz. »Unter den gegebenen Umständen solltest du mich ebenso hassen wie die anderen.«

»Ob Martyn uns das alles abkauft?«

»Ich denke schon. Die Kritik war wichtig – sie gab mir die Möglichkeit, mich ebenso zu verhalten wie er. Und ich habe seinen Stolz verletzt. Das kann er nicht einfach so hinnehmen.« Wieder legte Liz eine kurze Pause ein. »Mike? Glaubst du tatsächlich, daß es klappt? Bist du absolut davon überzeugt?«

»Ich hoffe es. Ja, du hast uns gerettet.«

»Wir haben es gemeinsam geschafft«, berichtigte sie ihn. »Und wir brauchen nicht mehr lange zu warten. Morgen kann ich mich wieder mit jenen Dingen befassen, die normalerweise meine tägliche Routine bestimmen. Ich kann spazierengehen, frische Luft atmen und Farben bewundern. Ich kann so viele Schuppen bauen, wie ich möchte.«

Mike lachte leise. »Ich habe vor, eine Mahlzeit nach der anderen zu genießen«, sagte er und spürte prickelnde Aufregung bei diesen Worten. »Ich stopfe mich bis zum Rand voll.«

»Und wir können unsere Bücher hervorholen, um uns auf die nächsten Prüfungen vorzubereiten.« Liz kicherte.

»Prüfungen, an denen Martyn nicht teilnehmen wird«, sagte Mike. »Wir zeigen der ganzen Welt, was für ein Monstrum er ist.«

»Nun ...« Liz überlegte einige Sekunden lang. »Warten wir's ab.«

»Wie meinst du das?«

»Wenn er die Tür öffnet, hat er bestimmt eine gute Ausrede. Ich rechne damit, daß er lange vor elf Uhr kommt, uns raus läßt und alles als großes Versehen darstellt. Irgendwie kommt er sicher damit durch.«

»Auf keinen Fall«, zischte Mike.

»Ich fürchte, das ist der Preis, den wir für unser Überleben zahlen müssen: keine Strafe für Martyn. Es wird sich wohl kaum vermeiden lassen.«

»Was für ein Wahnsinn«, ächzte Mike. »Er darf nicht ungeschoren davonkommen.«

»Er ist clever«, sagte Liz. »Viel zu clever. Er wird einen Ausweg für sich finden. Ebenso wie wir einen für uns fanden.«

»Es muß doch irgendeine Möglichkeit geben ...«, begann Mike.

»Pscht.« Mike hörte, wie Liz näher kam. »Bitte halt mich.«

Er legte ihr sanft den Arm um die Schultern.

»Ich mag dich«, sagte sie leise. »Und ich bin froh, daß du hier bist. Wer weiß? Vielleicht wäre ich ohne dich nie auf die Idee gekommen.«

»Unsinn«, erwiderte Mike. »Du hast Großartiges geleistet.«

»Jetzt zweifle ich ebenfalls nicht mehr daran, daß es klappt. Ja, ich bin genauso davon überzeugt wie du. Ich glaube, morgen endet dieser Alptraum für uns.« Plötzlich lachte Liz.

»Was ist?«

»Ich … entschuldige bitte. Ich wollte dich gerade fragen, ob du Lust hättest, mal zum Tee zu kommen. Dann fiel mir ein, wie das klingt.«

Auch Mike lachte. Es begann ganz langsam, doch nach einigen Sekunden erging es ihm wie Liz: Er saß da und bebte vor Heiterkeit am ganzen Leib, während er versuchte, möglichst leise zu bleiben.

»Wie dem auch sei …« Liz prustete und versuchte sich wieder zu beruhigen. »Eigentlich wollte ich etwas ganz anderes sagen. Ich … Nun, ich finde, mit uns beiden ist alles in Ordnung. Wir passen gut zusammen. Aber vielleicht fällt Martyn *nicht* auf den Trick herein, und deshalb sollten wir die Zeit bis morgen so gut wie möglich nutzen. Nur für den Fall.«

Mike strich ihr das Haar aus dem Gesicht. »Ja, einverstanden«, hauchte er. Und kurze Zeit später: »Ich glaube, ich liebe dich.«

Liz seufzte und schmiegte sich an ihn. Nach einer Weile streiften sie die Kleidung ab und legten sich auf den Boden. In der stinkenden Dunkelheit lagen sie nebeneinander, berührten und küßten sich, erkundeten ihre Körper und fröstelten gemeinsam. Schließlich drang Mike in Liz ein, und sie hielten sich fest umklammert. Zunächst waren ihre Bewegungen ungelenk und verursachten sogar Schmerz, aber irgendwie gelang es ihnen, diese Phase zu überwinden und sich liebevoll miteinander zu vereinigen. Zum Schluß schien so die Dunkelheit um sie herum zu weichen.

Kapitel Zwölf

Sie schliefen an Ort und Stelle ein, und diesmal fand Mike echte Ruhe. Am nächsten Morgen kehrten sie zu ihren Plätzen im Hauptraum zurück. Zwar hatten sie nicht darüber gesprochen, aber Mike wußte trotzdem, woran Liz dachte. Sie verfügten jetzt über keine Lebensmittel mehr, und der Wasservorrat war auf ein Minimum geschrumpft; wenn Martyn nicht kam, so drohte ihnen innerhalb kurzer Zeit der Tod. Die Minuten verstrichen geradezu unerträglich langsam.

Die anderen wußten nichts von der wahren Lage ihrer Situation, bei ihnen herrschte Überschwenglichkeit vor. Frankie hatte wieder den Gaskocher angezündet, blickte in einen kleinen Spiegel und versuchte, ihr Haar in Ordnung zu bringen.

»Ich sehe schrecklich aus«, sagte sie. »Glaubt ihr, man bringt auch Bilder von uns in den Zeitungen?«

»Das gehört dazu«, meinte Geoff.

»Stellt euch nur einmal vor, zu was für einen Skandal es kommen wird.« Mike gab sich alle Mühe, den Anschein zu erwecken, die gute Stimmung der anderen zu teilen. »Alle haben große Stücke auf Martyn gehalten. Jetzt steht den Leuten eine ziemliche Überraschung bevor.«

»Nicht alle sind von Martyn begeistert gewesen«, warf Liz ein.

»Du solltest besser still sein«, sagte Geoff. »Du hast uns übel mitgespielt, und das haben wir nicht vergessen.«

»Was ist bloß in dich gefahren, Liz?« fragte Alex. »Du warst doch sonst immer so … freundlich.«

»Ich wollte nur vermeiden, daß jemand stirbt«, erwiderte Liz. »Versucht nachher bloß nicht, euch als meine Freunde auszugeben. Ich rate euch dringend davon ab zu behaupten, wir hätten uns immer prächtig verstanden.«

»Nicht einmal für eine Million Pfund möchte ich dein Freund sein«, schnaufte Geoff.

»Wie spät ist es?« fragte Frankie.

»Jetzt bist du wieder normal«, stellte Mike fest.

»Wir kommen hier wirklich raus?« flüsterte Frankie. »Ich kann es noch immer kaum glauben.«

»Es ist jetzt kurz nach halb acht«, teilte ihr Geoff mit. »Du mußt noch ein wenig Geduld üben.«

»Was habt ihr vor, wenn wir draußen sind?« erkundigte sich Alex. »Was steht ganz oben auf eurer Liste zu erledigender Dinge?«

»Ein Bad«, antwortete Mike. »Ich stinke. Und das gilt auch für euch, wenn ihr mir diese Bemerkung gestattet.«

Sie lachten. »Ich fühle mich schrecklich«, sagte Geoff. »Vor allem möchte ich wieder sauber werden und dann irgend etwas unternehmen. Schon viel zu lange sitze ich hier untätig herum. Wie viele Tage sind vergangen? Nun, spielt keine Rolle. Vielleicht gehe ich joggen.«

»Von mir aus kannst du stundenlang laufen«, entgegnete Frankie. »Aber erwarte nicht von mir, dir dabei Gesellschaft zu leisten.«

Mike hörte mit wachsendem Erstaunen zu. Es schien überhaupt nichts geschehen zu sein; sie schwatzten und lachten genauso wie am ersten Abend. Hatten die vergangenen Tage überhaupt keine Nachwirkungen hinterlassen? Er schüttelte den Kopf und verzog das Gesicht – dumpfer Schmerz erwachte zwischen seinen Schläfen. Eigentlich absurd: Noch vor wenigen Stunden waren Frankie, Alex und Geoff davon überzeugt gewesen, sterben zu müssen; sie hatten sogar auf den Tod gewartet. Jetzt erinnerte nichts mehr an jene Mischung aus Resignation und Verzweiflung.

Er begriff plötzlich, warum er auf diese Weise dachte. Ganz gleich, welche Vorwürfe die anderen nun gegen Liz erhoben: Sie vertrauten ihr noch immer. Sie brachten ihr Haß und Abscheu entgegen, aber niemand von ihnen zweifelte daran, daß sie die Wahrheit sagte. Geoff und die beiden Mädchen glaubten fest daran, daß sie in einigen Stunden befreit sein würden. In Mike hingegen wurzelte nach wie vor Unsicherheit.

Bahnte sich tatsächlich das Ende des Grauens an? Mike war noch immer entschlossen, Martyn zur Rechenschaft zu ziehen – trotz der von Liz erläuterten Einwände. Es mußte irgendeinen Weg geben, ihn büßen zu lassen. Und damit noch nicht genug: Er hatte mit einem Mädchen geschlafen, auf das er sich verließ. Und war dabei sogar bereit gewesen, von Liebe zu sprechen. Und jetzt, als er an die Möglichkeit dachte, daß sie tatsächlich nach draußen gelangten, um dort die alten Wege zu beschreiten, stellte er fest, daß die Liebeserklärung mehr darstellte als nur ein Lippenbekenntnis. Während Mike darüber nachdachte, sah er zu Liz hinüber und merkte, wie sie kurz lächelte.

»Wen erwartest du?« fragte Frankie. »Wer kommt um elf, um die Tür zu öffnen?«

»Du kennst sie nicht«, sagte Liz.

Ich legte den Kugelschreiber beiseite, stützte das Kinn auf die Hand und sah nach draußen, über die Baumwipfel und Dächer unserer Schule hinweg. Sonnenschein glitzerte an den Wetterhähnen und Blitzableitern auf grauem Schiefer. Jemand in einem roten Trainingsanzug lief durch den Wald. Und im Durcheinander unseres Gartens schimmerten kleine Regenbögen, geschaffen von den Rasensprengern. Der Lack auf meinem Schreibtisch nahm die Tönung von Honig an.

Ein seltsames Empfinden regte sich in mir. Ich zog Turnschuhe an, ging nach unten, öffnete die schokoladenfarbene Eingangstür und trat nach draußen. Auf der Zufahrt wuchs schon wieder Unkraut – ich kümmerte mich nicht mehr so um die Dinge wie sonst, und das zeigte sich immer deutlicher. Ich wanderte in Richtung Ort und folgte dem Verlauf der Straße. Zweimal führt sie über Brücken – der Fluß strömt in einem Bogen –, und ich blieb auf beiden stehen und sah hinab ins dahingleitende Wasser. Als ich klein war … Ich erinnere mich an kleine Boote, die vom Fluß fortgetragen wurden; wir bauten sie mit Hilfe von Holzresten aus dem Schuppen meines Vaters. Damals … viele Jahre sind seit damals vergangen; dies scheint eine ganz andere Welt zu sein. Man setzte das Boot an der einen Brücke ins Wasser und lief so schnell wie möglich zur nächsten, um zu beobachten, wie es stolz auf den kleinen Wellen tanzte. Wohin schwamm es? Zum Meer, dachte ich damals. Und vielleicht stimmte das sogar. Vielleicht gelangten einige Boote tatsächlich bis zum Meer.

Das Städtchen erweckte den Eindruck, in der Hitze des Nachmittags zu schlafen. Ich überquerte den Marktplatz und schritt durch die Nebenstraßen, vorbei am *Horseman*, erkletterte den Hang des Hügels jenseits davon. Eigentlich hatte ich gar kein Ziel; ich setzte einfach nur einen Fuß vor den anderen. Die Geschichte war fast ganz erzählt. Aber nicht nur deshalb nahm ich mir Zeit für diesen kleinen Ausflug – ich wollte nicht sofort zum Ende meiner Niederschrift kommen.

Um neun Uhr hörten sie ein Geräusch außerhalb der Tür.

»He!« rief Frankie. »Wir sind hier drin!«

Es rasselte und klapperte, gefolgt von einem lauten Quietschen – ein Schlüssel drehte sich im Vorhängeschloß. »Sei vorsichtig!« rief Liz nach oben. »Auf dieser Seite geht's steil nach unten.«

Mike war beeindruckt: Selbst jetzt fiel sie nicht aus der Rolle.

Die Tür öffnete sich einige Zentimeter weit, klemmte kurz und schwang dann ganz auf. Helles Licht gleißte ins Loch und verdrängte die Finsternis. Oben zeichnete sich die Silhouette einer Gestalt ab.

Mike blinzelte und konnte kaum etwas sehen. Dafür hörte er etwas, und zwar Liz' verblüffte Stimme: *»Zum Teufel auch …«*

»Hallo!« rief Frankie. »Du bist früh dran. Hast du eine Strickleiter oder so mitgebracht?«

»Es ist vorbei«, hauchte Alex. »Wir haben es tatsächlich überstanden. Dem Himmel sei Dank.«

Liz' Stimme übertönt alle anderen. »Wer ist da?« fragte sie. »Wer ist da?«

Es wurde plötzlich still, als die anderen begriffen, was sie gesagt hatte. Ihre Blicke wanderten zu Liz, deren Gesicht im blendend hellen Schein zu glühen schien.

»Wer *ist* da?« fragte sie, und das klang jetzt nicht mehr ganz so verblüfft wie vorher.

Die Gestalt an der Tür hockte sich nieder.

»Liz?« ertönte es von oben. »Bist du das? Um Himmels willen, was hat das zu bedeuten?«

»Lisa?« Die Überraschung in Liz' Zügen wirkte fast komisch. »Hol uns hier raus. Schnell, bevor Martyn kommt.«

»Martyn ist fort«, sagte Lisa. »Wie lange seid ihr ... Nein, das Wichtigste zuerst: Wie hole ich euch da raus?«

»Eine Leiter«, erwiderte Liz. »Besorg eine Leiter.«

»In Ordnung. Ich beeile mich.« Lisa drehte sich um und verschwand in der Helligkeit.

»Was ist los?« fragte Mike atemlos. »Das war nicht Martyn.«

»Natürlich war er das nicht«, entgegnete Frankie verwirrt.

»Aber du hast doch gesagt, deine Freundin sei uns unbekannt. Und Lisa ... Alle kennen sie.«

»Sei still«, stieß Mike schroff hervor. »Ihr habt überhaupt keine Ahnung. Liz?«

»Ich verstehe das nicht«, sagte sie leise. »Martyn ist fort? Was soll das heißen? Es ergibt doch überhaupt keinen Sinn.«

»Wovon redet ihr da?« Geoff sah sie groß an. »Ich dachte, ihr wüßtet bestens Bescheid.«

»Es ist zu kompliziert, um es jetzt zu erklären«, meinte Liz. »Nur soviel: Eigentlich hätte nicht Lisa die Tür öffnen sollen. Was geht hier vor?«

Nach einer Weile polterte es, und kurz darauf hörten sie, wie etwas gegen Metall klapperte. Einige Sekunden später kehrte Lisa mit einer Holzleiter zurück und ließ sie herunterrutschen. »Mein Gott, wie lange seid ihr schon da drin?« fragte sie. »Ihr seht wie Geister aus.«

»Bitte beeil dich«, drängte Alex.

»Ja. Hier, versucht jetzt, das Ende zu packen.«

Die Leiter sank an der einen Wand des Loches nach unten, und mehrere Hände streckten sich ihr entgegen.

»Habt ihr sie?« fragte Lisa.

»Ja, alles klar«, bestätigte Liz. Und zu ihren Begleitern: »Hinauf mit euch.«

Mike blieb zurück. »Liz? Das gehörte nicht zum Plan, oder?«

Sie schüttelte den Kopf. »Nein. Aber wenigstens sind wir jetzt frei. Und das sollte uns genügen.« Sie lächelte plötzlich und schlang die Arme um ihn. »Komm, klettern wir nach oben.«

Sie folgten den anderen, verließen das Loch und traten hinaus in den Sonnenschein.

Fünf Tage später ging ich während der Abenddämmerung im Wald spazieren. Bis zu jenem Zeitpunkt waren einige Fragen beantwortet und manche Dinge klar geworden. Martyn schien sich für die Flucht entschieden zu haben. Der Plan hatte funktioniert, soweit es das angestrebte Ergebnis betraf, unsere Rückkehr in die Freiheit. Aber daß Lisa die Tür öffnete – damit hatte ich nicht gerechnet. Hinzu kam: Als wir aus dem Loch kletterten, war Martyn sicher schon weit entfernt; er floh bereits seit zwölf Stunden.

Das glaubte ich jedenfalls.

Lisa berichtete uns, daß sie über Martyns jüngste Bemerkungen nachgedacht und sie zu einer Geschichte zusammengesetzt habe, die fast zu schrecklich war, um sie zu glauben. Doch Martyns Kassetten gaben deutliche Hinweise: Es handelte sich um frühe Aufzeichnungen, und das wiederholte Erwähnen des Englisch-Blocks lieferte klare Anhaltspunkte. Jene anderen Kassetten, die Martyns Mordabsichten bewiesen ... Sie fehlten.

An meinem äußeren Erscheinungsbild gab es kaum etwas auszusetzen. Die von Geoffs Schlag stammende Platzwunde im Gesicht war fast verheilt, und ich fühlte mich viel besser. Eigentlich ist es erstaunlich, wie gut wir die Zeit im Loch überstanden haben. Zumindest in körperlicher Hinsicht. Natürlich waren wir schmutzig und dünner, aber nach einem Bad fiel der Unterschied kaum mehr ins Auge. Wahrscheinlich lag es an der Widerstandskraft unserer Jugend. Doch die Narben in unserem Innern bleiben; sicher dauert es ziemlich lange, bis sie verschwinden.

Was die Frage betrifft, wo sich Martyn *jetzt* befindet – ich weiß es nicht. An jenem Abend im Wald habe ich mir geschworen, wachsam zu bleiben, immer aufzupassen. Dabei geht es mir nicht um meine eigene Sicherheit – ich glaube, Martyn ist mit mir fertig. Nein, ich denke dabei an das Wohl anderer Personen. Wenn er irgendwann zurückkehrt, so muß jemand zur Stelle sein, um sie zu warnen.

»Das wär's«, sage ich und klopfe auf den Stapel Papier.

»Endlich.«

»Fertig?«

»Ja.«

»Und du hast alles geschildert?«

Ich lächle. »Nein. Aber das Manuskript enthält genug Einzelheiten, um ein klares Bild zu zeichnen.«

»Gut.«

»Ich möchte dich etwas fragen.«

»Ach? Und was?«

»Vor langer Zeit ... Ich weiß nicht, ob du dich daran erinnerst.«

»Stell mich auf die Probe.«

»Vor langer Zeit. Ich habe dich gefragt, was du dir wünschst, und du hast versprochen, mir zu antworten, sobald ich mit dem Schreiben fertig bin.«

»Tatsächlich?«

»Ja«, sage ich. »Du neckst mich, nicht wahr? Du weißt ganz genau, was ich meine.«

»Nun, vielleicht.«

»Und?«

»Und was?«

Ich lächle. »Weich mir nicht aus. Woraus bestand dein Wunsch?«

»Oh.« Er blickt aus dem Fenster. »Siehst du das dort drüben?«

»Ja.«

»Es ist noch hell genug, um in den Ort zu gehen und etwas zu trinken.«

»Klingt gut. Erzähl mir unterwegs von dem Wunsch.«

»Einverstanden.«

Wir verlassen die Mansarde und schließen die Tür hinter uns.

Epilog

ERSTE BEMERKUNGEN ZU ›THE HOLE‹

Dies ist also ›The Hole‹ – eine sehr eindringliche Erzählung, die Elizabeth in vier Monaten niedergeschrieben hat. Der Bericht schließt sich an eine lange Zeit des Schweigens an, und deshalb stellt er eine erhebliche Überraschung dar – auch deshalb, weil er ganz offensichtlich das Werk eines sehr scharfsinnigen und einfallsreichen Intellekts ist. Die Zeugnisse und Bewertungsunterlagen aus dem Semester unmittelbar vor dem Loch vermittelten einen guten Eindruck von Elizabeths Fähigkeiten, und das Manuskript bestätigt diese Einschätzungen. Kurz nach dem Zwischenfall gelangten viele Fachleute zu dem Schluß, daß die vom Trauma verursachte Apathie permanenter Natur sein könnte. Die meisten Spezialisten befürchteten, daß ein großer Teil ihres Ichs für immer hinter dicken mentalen Mauern gefangen bliebe – hinter Barrieren, die sie selbst errichtete, um sich vor Erinnerungen an das schreckliche Erlebnis zu schützen. In dieser Hinsicht stellt ›The Hole‹ für Elizabeth die wichtigste Entwicklung seit sechs Jahren dar. Darüber hinaus handelt es sich um eine der aufregendsten Dokumente der neueren Psychoanalyse.

Der Text gibt vor, die Geschichte des Lochs zu erzählen. Die Ereignisse werden erstaunlich genau wiedergegeben, sofern es die Tatsache betrifft, daß das Loch wirklich existierte und vier andere Personen Elizabeths Erfahrungen teilten. Sogar die Details entsprechen den Beschreibungen, mit denen Dr. E. Lawrence die Geschehnisse unmittelbar nach der Tragödie dokumentierte [siehe ›Struktur und Auswirkungen sozialer Deprivation. Einige Fallstudien‹ von Eliot Lawrence]. Das gilt zumindest für den ersten Teil. Später fällt es Elizabeth immer schwerer, zwischen objektiver Realität und ihren eigenen Phantasien zu unterscheiden. Allerdings gelingt es ihr, die innere Logik ihrer Darstellungen im großen und ganzen zu wahren – ihr unterlaufen dabei nur wenige Fehler. [Besser gesagt: Sie integriert die Wahrnehmung einer subjektiven, imaginären Wirklichkeit fast nahtlos ins allgemeine Gefüge der Erzählung. Aufschlußreiche Fehler und/oder beabsichtigte Ungereimtheiten werden weiter unten erörtert.] Soweit es sich feststellen läßt, spiegeln die *im* Loch angesiedelten Passagen das tatsächliche Geschehen exakt wider; bis zum achten Kapitel gibt es weitgehende Übereinstimmungen mit Dr. Lawrences Ausführungen. [Ein interessanter Aspekt besteht darin, daß Elizabeth die in der zeitgenössischen Literatur weit verbreitete neutrale Erzählperspektive benutzt, um die Ereignisse *im* Loch zu schildern; bei den übrigen Abschnitten des Manuskripts verwendet sie hingegen einen individuellen Blickwinkel. Die Absicht scheint klar zu sein: Auf diese Weise möchte sie sichere Distanz wahren zwischen sich selbst und den Erinnerungen, die durch das Schreiben geweckt werden und insbesondere den Kern des Traumas betreffen. Diese Methode scheint begrenzten Erfolg zu haben: Bis zum achten Kapitel und teilweise auch darüber hinaus lassen sich Parallelen zwischen Elizabeths Bericht von den Ereignissen im Loch sowie der von Dr. Lawrence erstellten Chronologie feststellen. Die in den wechselnden Erzählperspektiven zum Ausdruck kommende Distanz erlaubt es Elizabeth, jene Vorfälle zu schildern, die sie direkt betrafen – ohne sie während des Schreibens noch einmal erleben zu müssen.]

Nach dem achten Kapitel stellt sich allmählich heraus, daß Elizabeth auf ein ›alternatives Ende‹ zusteuert: Sie nimmt geschickt Einfluß auf die Situation, so daß die ganze Gruppe überlebt. Wichtig erscheint mir folgendes: Offenbar war ein solches Ende von Anfang an vorgesehen, denn die entsprechenden Konsequenzen – eine nach dem Loch andauernde Beziehung zu ›Mike‹ – werden bereits zu Beginn des Textes angedeutet. Bei ein oder zwei Gelegenheiten läßt Elizabeth erahnen, daß zwischen dem Loch und dem Schreiben der Geschichte mehr Zeit verstrichen ist, als der Leser glauben soll. Aber abgesehen davon schafft sie eine überzeugende Illusion; alles liest sich sehr flüssig. [Man nimmt an, daß Michael Rollins am sechzehnten Tag starb.]

Elizabeth wird ihrer Schulbildung gerecht, indem sie der Grundstruktur des Textes recht komplexe Metaphern und einen ausgeprägten Symbolismus hinzufügt. Zum größten Teil zeigt sich darin eine erstaunliche Reife. Aber es gibt auch Ausnahmen, zum Beispiel die viel zu offensichtlichen Sequenzen eines ›traumhaften Sommers‹, der als Hintergrund für die Ereignisse außerhalb des Loches dient. Im letzten Teil des Manuskripts präsentiert sich uns ein auffallender Widerspruch im Hinblick auf die Schilderungen weiter vorn. [Zu Anfang heißt es, die Tür des Lochs befände sich am Ende eines kurzen Korridors und könnte nie direkt vom Sonnenschein erreicht werden. Trotzdem ist zum Schluß von hellem, sogar gleißendem Licht die Rede.] Der ›traumhafte Sommer‹ dient vor allem dazu, eine beruhigende Wirkung zu entfalten; er ist gewissermaßen ein Gegengewicht zu dem immer größer werdenden emotionalen Streß, den das Schreiben verursachte. Die betreffenden Stellen spenden subjektiven Trost, bieten Elizabeth eine Zuflucht, in der sie sich vor dem Entsetzen des Lochs verbergen kann.

Es existierten auch einige dunkle Aspekte der Erzählung, die hier berücksichtigt werden sollten. Das ›alternative Ende‹ ist nicht idyllisch, und es wird bald klar, daß man den vollen Bedeutungsinhalt des Textes nur durch ein besseres Verständnis der Person namens ›Lisa‹ erfassen kann. Elizabeth beschreibt Lisa nur sehr knapp und nimmt recht sprunghaft auf sie bezug. Schon dadurch unterscheidet sich Lisa von den anderen Protagonisten in ›The Hole‹. Außerdem macht Elizabeth von einem ganz besonderen Mechanismus Gebrauch, um Lisas Beiträge dem Text hinzuzufügen: Kassetten mit Aufzeichnungen.

Dadurch bekommen Lisas Monologe die Qualität eines Bewußtseinsstroms. Wenn man die Struktur dieser Passagen mit dem Rest des Textes vergleicht, so fällt folgendes auf: Der größte Teil des Manuskripts wird von Elizabeths Stilkonzepten geprägt, doch die Lisa-Abschnitte sind weniger straff organisiert. Ebenfalls wichtig erscheint mir die Ähnlichkeit der beiden Namen: hier ›Lisa‹ und dort eine Elizabeth, die sich im Text ausschließlich ›Liz‹ nennt. Mit an Sicherheit grenzender Wahrscheinlichkeit sind beide Personen Entsprechungen des gleichen Selbst und repräsentieren zwei verschiedene Seiten von Elizabeths Wesen. [Nichts deutet darauf hin, daß ›Lisa‹ tatsächlich existierte.] Zuerst mag es seltsam erscheinen, daß Elizabeth ihr Manuskript-Ich auf diese Weise teilt, aber vermutlich steckt ein guter Grund dahinter. Wenn wir davon ausgehen, daß Lisa und Liz miteinander identisch sind, so erhalten unbedeutend anmutende Details erhebliche Signifikanz. Zum Beispiel: Ganz offensichtlich gab es intime Beziehungen zwischen Elizabeth und ›Martyn‹, und zwar schon *vor* dem Loch. Sie will Abstand gewinnen, indem sie einen Teil ihrer eigenen Geschichte aus dem Blickwinkel einer anderen Person erzählt. Es ist wie mit dem bereits erwähnten Wechsel der Erzählperspektive: Dadurch kann sie der Geschichte Dinge hinzufügen, mit denen sie sich noch nicht direkt verbunden fühlen möchte. [In diesem Zusammenhang ist hinsichtlich des handschriftlichen Manuskripts folgendes interessant: Die meisten Passagen sind mehrmals be- und überarbeitet worden, was in fast allen Fällen ein höheres Maß an Objektivität zur Folge hatte. ›Lisas‹ Beiträge hingegen weisen nicht eine einzige Änderung auf. An jenen Stellen wird die Handschrift krakeliger, und es kommt häufiger zu orthographischen sowie grammatikalischen Fehlern. Dieser Umstand scheint darauf hinzudeuten, daß die bewußte Kritikfähigkeit immer mehr nachläßt. Ich nehme an, daß mit diesen Stellen ein hohes Maß an Katharsis verbunden ist: Elizabeth hat keine Überarbeitung vorgenommen, um zu vermeiden, daß sich die betreffenden Erfahrungen durch neuerliches Lesen zu sehr vergegenwärtigen.]

Die Möglichkeit, daß Liz und Lisa miteinander identisch sind, führt zu weiteren beunruhigenden Schlußfolgerungen. Zunächst muß man sich noch einmal vor Augen führen, auf welche Weise sich Elizabeth in ihrer Erzählung darstellt. Sie zeigt sich dem Leser als unabhängige, eigenwillige und selbstbewußte Person, als jemand, der imstande ist, mit schwierigen Situationen fertig zu werden und zu führen. Es gibt keinen Grund, dieses Bild in Zweifel zu ziehen; es entspricht sowohl dem Eindruck, den die Lehrer von ihr gewannen, als auch dem Leben, das sie zu Hause führte – ganz allein kümmerte sie sich um ihre behinderte Mutter. Doch das Selbstvertrauen im Loch erscheint manchmal gekünstelt. [Die Selbstidealisierung beschränkt sich nicht nur aufs Psychische. Fast neckisch gibt sie im Text zu verstehen, von zarter Statur zu sein, und sie erwähnt ›kleine Hände‹.] Es spricht für Elizabeths Intellekt und auch ihre Entschlossenheit, daß sie es schaffte, ein so überzeugendes alternatives Ende zu verfassen. Die Realität des Loches sah natürlich ganz anders aus. In der Schlußsequenz gibt es zwei Szenen, denen man bei einer Textanalyse besondere Beachtung schenken muß: einerseits Liz' Bericht von der Vereinigung mit Mike, und andererseits Lisas Vergewaltigung. Wenn Liz und Lisa tatsächlich ein und dieselbe Person sind, wie man gemeinhin glaubt, so liegt folgende Annahme nahe: Welche sexuellen Aktivitäten auch immer im Loch stattgefunden haben – Elizabeth war daran nicht unbedingt aus freiem Willen beteiligt. Offenbar hat das Ereignis so verwirrende Erinnerungen hinterlassen, daß es sich ebenso teilt wie die Person; hier halb idealisierter, romantischer Sex, dort eine brutale, schmerzhafte Vergewaltigung.

Elizabeth scheint sich zumindest teilweise für das Drama des Loches verantwortlich zu fühlen. Eine solche emotionale Reaktion wirkt weniger seltsam, wenn wir ihr die These zugrunde legen, daß Liz/Lisa den geheimnisvollen

›Martyn‹ vor dem Loch kannte. Wenn das der Fall war, wenn es Elizabeth deshalb für ihre Pflicht hielt, die Tragödie vorherzusehen, dann werden ihre ausgeprägten Schuldgefühle verständlicher, obwohl ein unbeteiligter Beobachter sie für absurd halten mag. Seltsamerweise geben die Beschreibungen keinen Aufschluß über ›Martyns‹ Identität. Man hat seine Existenz als physische Person mehrmals in Frage gestellt, obwohl der Text klare Hinweise darauf enthält, daß ›Martyn‹ mehr ist als nur eine Fiktion. Elizabeth bringt ihn mehrmals mit dokumentierten Ereignissen außerhalb des Lochs in Verbindung [darunter vor allem mit dem sogenannten ›Gibbon-Zwischenfall‹; die Schilderungen beginnen etwa sechs Monate nach Major Gibsons Pensionierung]. Nach Elizabeths Bericht zu urteilen müßte ›Martyn‹ ein autonomes Leben innerhalb der schulischen Gemeinschaft geführt haben, doch es fehlen Bestätigungen von anderen Schülern. Außerdem behauptet Elizabeth, ›Martyn‹ sei der Planer einiger Streiche gewesen, deren Hintergründe längst bekannt sind. Die einzige Erklärung lautet: Im Hinblick auf ›Martyn‹ lehnt Elizabeth ganz bewußt genaue Angaben ab. Sie fühlt sich schuldig, weil sie die einzige Überlebende des Loches ist, und man sollte eigentlich meinen, daß sie sich von dieser Bürde befreien kann, indem sie ›Martyns‹ Identität preisgibt. Aber offenbar sieht sie die Sache anders.

Bald folgt eine umfassende und ausführliche Analyse des gesamten Textes.

Lieber Eliot,

ich hoffe, daß Elizabeth nun damit beginnt, die Welt des Schweigens zu verlassen. Der schriftliche Bericht ist ihre eigene Idee, und darin sehe ich ein ebenso ermutigendes Zeichen wie in dem hohen Maß an Genauigkeit, die im Text ersichtlich wird. Was den Rest betrifft, der nicht die tatsächlichen Ereignisse im Loch wiedergibt: Sicher sind sie ein erster Schritt in die richtige Richtung. Vielleicht gelingt es Elizabeth bald, sich der Wirklichkeit zu stellen, sie voll und ganz zu akzeptieren. Es liegt noch ein weiter Weg vor uns, aber ich glaube, früher oder später sind wir imstande, Elizabeth ihr Leben zurückzugeben. Doch tief in mir spüre ich: Das Trauma, das sich mit dem Loch verbindet, ist noch nicht vorbei.

Dr. PHILIPPA HORWOOD